중학생 독후감 필독선 9

중학생이 보는

KIMDONGIN KIMDONGIN

붉은 산

김동인 지음
성낙수(한국교원대 교수) · 유의종(신일중 교사) · 조현숙(제천여중 교사) 엮음

좋은 책 좋은 독자를 만드는—
㈜신원문화사

더 이상 언급할 필요도 없지만 요즘은 독서의 중요성이 더욱 강조되는 시대입니다. 첨단과학으로 이루어진 대중매체 덕분에 눈으로 읽는 것보다는 말초신경을 자극하는 동영상 쪽으로 관심이 모아지는 데 대한 우려 때문일 것입니다. 꿈과 희망을 가지고 자라나는 학생들에게는 올바른 사고력과 분별력을 키워주어야 합니다. 그런 점에서 다른 사람들의 생각과 철학, 인생관과 세계관이 들어 있는 명작들을 많이 읽는 것이야말로 바람직한 학습 효과를 거둘 수 있는 지름길이라 생각합니다.

명작은 오랜 세월에 걸쳐 많은 사람들이 읽고 크게 감동을 받은 인정된 작품들로서, 청소년들의 삶에 지침이 되어 주고 인생관에 변화를 주게 될 것입니다.

이번에 중학생들에게 꼭 읽히고 싶은 명작들을 선정하여, 작품을 바르게 감상하고 독후감을 쓰는 데 도움을 주고자 이 시리즈를 기획하게 되었습니다. 작품들은 동서고금에 걸쳐 객관적으로 인정받은, 훌륭한 대상만을 선정하였습니다. 그리고 책의 구성을 다음과 같이 하여, 읽고 쓰는 데 도움이 되도록 하였습니다.

하나, 삶에 대한 지혜와 용기를 주고 중학생이라면 꼭 읽어야 할 명작만을 골랐습니다.

　둘, 명작을 읽고 난 후의 솔직한 느낌을 논리적·체계적으로 쓸 수 있도록 중학생들의 독후감 작성에 따르는 부담을 덜어 주도록 구성하였습니다.

　셋, 작품 알고 들어가기, 내용 훑어보기, 작품 분석하기, 등장인물 알기를 통해 작품을 분석하는 힘을 기를 수 있도록 하였습니다.

　넷, 작가 들여다보기, 시대와 연관짓기, 작품 토론하기 등을 통해 작가의 일생을 알고 시대의 흐름을 파악하여 상상력과 창의력을 키워 주도록 하였습니다.

　다섯, 독후감 예시하기와 독후감 제대로 쓰기에서는 책을 읽는 방법과 독후감 모범답안 실례를 제시함으로써 문장력을 길러주는 한편 독후감 쓰기의 충실한 길라잡이가 되도록 했습니다.

　아무쪼록 이 책들이 중학생들의 학습 능력 향상에 큰 도움이 되길 빌어 마지 않습니다.

엮은이　성 낙 수

차 례

중학생이 보는

KIMDONGIN KIMDONGIN

붉은 산

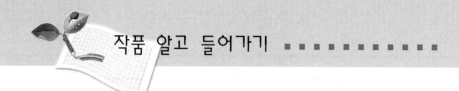
작품 알고 들어가기 ■ ■ ■ ■ ■ ■ ■ ■ ■ ■

붉은 산

1932년 《삼천리》에 발표된 〈붉은 산〉은 여(余)가 만주의 한 조선인 마을에 들러서 겪게 되는 일들을 사실적으로 다룬 작품입니다. 이 작품은 탐미주의적이고 사실주의적인 김동인의 다른 작품들과는 달리 역사의식이 돋보입니다. 일제 치하 만주로 쫓겨간 우리 민족의 서러움과 한을 살펴봄으로써 조국이 얼마나 소중한지 일깨워 볼까요?

감 자

1925년 《조선문단》에 발표된 〈감자〉는 한 인간이 어떻게 타락해 가는가를 매우 사실적으로 그리고 있는 작품입니다. 김동인의 많은 작품 중에서도 작가의 객관적이고 생동감 넘치는 문체가 돋보이는 〈감자〉를 통해 환경이 한 인간의 삶에 어떤 영향을 미치는지 살펴보기로 할까요?

광염 소나타

1930년에 발표된 단편으로, 〈광화사〉와 마찬가지로 작가의 예술 지상주의적인 경향을 엿볼 수 있는 작품입니다.

〈광염 소나타〉에서 작가는 백성수를 옹호하는 입장(K씨)과 사회의 도덕과 규범을 중시하는 입장(모씨)을 통해 대립되는 두 시각을 보여 줍니다. 작가는 예술이 사회의 도덕과 규범보다 중요하다는 K씨의 입장을 긍정하는 태도를 은연중에 보이고 있지요. 김동인의 다른 작품들과는 달리 주인공에게 비극적 상황을 극복하려는 의지가 엿보인다는 점에서 주목할 만한 작품입니다.

광화사

이야기 속에 또 하나의 이야기가 들어 있는 액자 구성으로 된 〈광화사〉는 김동인의 예술 지상주의적인 경향을 잘 엿볼 수 있는 작품입니다. 이 작품 속에는 두 가지 이야기 구조가 있습니다. 어느 날 인왕산에 산책 나온 '여(余)' 이야기와, 조선 세종 때의 한 화공의 이야기가 그것이지요. 이 작품은 한 화공의 일생을 통해 나타난 현실과 이상의 차이, 미(美)에 대한 광적인 동경을 주제로 한다고 할 수 있습니다.

붉은 산

붉은 산

그것은 여(余)가 만주를 여행할 때 일이었다. 만주의 풍속도 좀 살필 겸 아직껏 문명의 세례를 받지 못한 그들 사이에 퍼져 있는 병(病)을 조사할 겸해서, 일 년의 기한을 예산하여 가지고 만주를 시시콜콜 다 돌아온 적이 있었다. 그때는 ××촌이라 하는 조그만 촌에서 본 일을 여기에 적고자 한다.

××촌은 조선 사람 소작인만 사는 한 이십여 호 되는 작은 촌이었다. 사면을 둘러보아도 한 개의 산도 볼 수가 없는 광막한 만주 벌판 가운데 놓여 있는, 이름도 없는 작은 촌이었다.

몽고 사람 종자(從者)를 하나 데리고 노새를 타고 만주의 농촌을 돌아다니던 여가 그 ××촌에 이른 때는 가을도 다 가고 어느덧 광포한 북극의 겨울이 만주를 찾아온 때였다.

만주의 어느 곳이나 조선 사람이 없는 곳은 없지만, 이러한 오지(奧地)에서 한 동네가 죄 조선 사람뿐으로 되어 있는 곳을 만나니 반가웠다. 더구나 그 동네는 비록 모두가 만주국인의 소작인이라 하나, 사람들이 비교적 온량하고 정직하여, 장성한 이들은 그래도 모두 천자문 한 권쯤은 읽은 사람들이었다. 살풍경한 만주, 그 가운데서 살풍경한 살림을 하는 만주국인이며 조선 사람의 동네를 근 일 년이나 돌아다니다가 비교적 평화스런 이런 동네를 만나면, 그것이 비록 외국인의 동네라 하여도 반갑겠거늘, 하물며 우리 같은 동족임에랴. 여는 그 동네에서 한 십여 일 이상을 일없이 매일 호별 방문을 하며 그들과 이야기로 날을 보내며, 오래간만에 맛보는 평화적 기분을 향락하고 있었다.

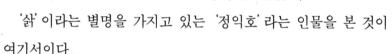

'삵'이라는 별명을 가지고 있는 '정익호'라는 인물을 본 것이 여기서이다.

익호라는 인물의 고향이 어디인지는 ××촌에서 아무도 몰랐다. 사투리로 보아서 경기 사투리인 듯하지만 빠른 말로 재재거리는 때에는 영남 사투리가 보일 때도 있고, 싸움이라도 할 때는 서북 사투리가 보일 때도 있었다. 그런지라 사투리로써 그의 고향을 짐작할 수는 없었다. 쉬운 일본말도 알고, 한문 글자도 좀 알고, 중국말은 물론 꽤 하고, 쉬운 러시아말도 할 줄 아는 점 등등 이곳저곳 숱하게 주워먹은 것은 짐작이 가지만 그의 경력을 똑똑히 아는 사람은 없었다.

그는 여(余)가 ××촌에 가기 일 년 전쯤 빈손으로 이웃이라도 오듯 후닥닥 ××촌에 나타났다 한다. 생김생김으로 보아서 얼굴이 쥐와 같고 날카로운 이빨이 있으며 눈에는 교활함과 독한 기운이 늘 나타나 있으며, 발룩한 코에는 코털이 밖으로까지 보이도록 길게 났고, 몸집은 작으나 민첩하게 되었고, 나이는 스물다섯에서 사십까지 임의로 볼 수 있으며, 그 몸이나 얼굴 생김이 어디로 보든 남에게 미움을 사고 근접지 못할 놈이라는 느낌을 갖게 한다.

그의 장기(長技)는 투전이 일쑤며, 싸움 잘하고, 트집 잘 잡고, 칼부림 잘하고, 색시에게 덤벼들기 잘하는 것이라 한다.

생김생김이 벌써 남에게 미움을 사게 되었고, 거기다 하는 행동조차 변변치 못한 일뿐이라, ××촌에서도 아무도 그를 대접하는 사람이 없었다. 사람들은 모두 그를 피하였다. 집이 없는 그였으나 뉘 집에 잠이라도 자러 가면 그 집 주인은 두말 없이 다른 방으로 피하고 이부자리를 준비하여 주곤 하였다. 그러면 그는 이튿날 해가 낮이 되도록 실컷 잔 뒤에 마치 제 집에서 일어나듯 느직이 일어나서 조반을 청하여 먹고는 한 마디의 사례도 없이 나가 버린다.

그리고 만약 누구든 그의 이 청구에 응치 않으면 그는 그것을 트집으로 싸움을 시작하고, 싸움을 하면 반드시 칼부림을 하였다.

동네 처녀들이며 젊은 여인들은 익호가 이 동네에 들어온 뒤부터는 마음놓고 나다니지를 못하였다. 철없이 나갔다가 봉변을 당한 사람도 몇 있었다.

'삵'. 이 별명은 누가 지었는지 모르지만 어느덧 ××촌에서는 익호를 익호라 부르지 않고 '삵'이라고 부르게 되었다.

"삵이 뉘 집에서 묵었나?"

"김 서방네 집에서."

"다른 봉변은 없었다나?"

"요행히 없었다네."

그들은 아침에 깨면 서로 인사 대신으로 '삵'의 거취를 알아보곤 하였다.

'삵'은 이 동네에서 커다란 암종이었다. '삵' 때문에 아무리 농사에 사람이 부족한 때라도 젊고 튼튼한 몇 사람은 동네의 젊은 부녀를 지키기 위하여 동네 안에 머물러 있지 않을 수가 없었다. '삵' 때문에 부녀와 아이들은 아무리 더운 여름 저녁에라도 길에 나서서 마음놓고 바람을 쏘여 보지를 못하였다. '삵' 때문에 동네에서는 닭의 가리며 돼지우리를 지키기 위하여 밤을 새지 않을 수가 없었다.

동네 노인이며 젊은이들은 몇 번을 모여서 '삵'을 이 동리에서 내쫓기를 의논하였다. 물론 합의는 되었다. 그러나 내쫓는 데 선착할 사람이 없었다.

"첨지가 선착하면 뒤는 내가 담당하마."

"뒤는 걱정 말고 형님 먼저 말해 보시오."

제각기 '삵'에게 먼저 달려들기를 피하였다.

이리하여 동리에서는 합의되었으나 '삵'은 그냥 태연히 이 동네에 묵어 있게 되었다.

"며늘년들이 조반이나 지었나?"

"손주놈들이 잠자리나 준비했나?"

마치 그 동네의 모두가 자기 집안인 것같이 '삵'은 마음대로 이 집 저집을 드나들었다.

××촌에서는 사람이라도 죽으면 반드시 조상 대신으로, "삵이나 죽지 않고." 하는 한 마디 말을 잊지 않고 하였다. 누가 병이라도 나면, "에잇! 이놈의 병 '삵' 한테로 가거라."고 하였다.

암종, 누구나 '삵'을 동정하거나 사랑하는 사람이 없었다.

'삵'도 남의 동정이나 사랑은 벌써 단념한 사람이었다. 누가 자기에게 아무런 대접을 하든 탓하지 않았다. 보이는 데서 보이는 푸대접을 하면 그 트집으로 반드시 칼부림까지 하는 그였지만, 뒤에서 아무런 말을 할지라도 —— 그리고 그것이 '삵'의 귀에까지 갈지라도 탓하지 않았다.

"흥!"

이 한 마디는 그의 가장 큰 처세 철학이었다.

흔히 그는 곁동네 만주국인들의 투전판에 가서 투전을 하였다. 때때로 두들겨맞고 피투성이가 되어서 돌아오는 일도 있었다. 그러나 그는 그 하소연을 하는 일이 없었다. 한다 할지라도 들을 사람도 없거니와, 아무리 무섭게 두들겨맞은 뒤라도 하루만 샘물에

상처를 씻고 절룩절룩한 뒤에는 또 이튿날은 천연히 나다녔다.

여(余)가 ××촌을 떠나기 전날이었다.

송 첨지라는 노인이 그 해 소출을 나귀에 실어 가지고 만주국인 지주가 있는 촌으로 갔다. 그러나 돌아올 때는 송장이 되었다. 소출이 좋지 못하다고 두들겨맞아서 부러져 꺾어진 송 첨지는 나귀 등에 몸이 결박되어서 겨우 ××촌에 돌아왔다. 그리고 놀란 친척들이 나귀에서 몸을 내릴 때 절명하였다.

××촌에서는 왁자하였다.

붉은 산

"원수를 갚자!"

명 아닌 목숨을 끊은 송 첨지를 위하여 동네 젊은이는 모두 흥분하였다. 제각기 이제라도 들고일어설 듯하였다.

그러나 그뿐이었다. 누구든 앞장을 서려는 사람이 없었다. 만약 이때에 누구든 앞장을 서는 사람만 있었다면 그들은 곧 그 지주에게로 달려갔을지 모른다. 그러나 제가 앞장을 서겠노라고 나서는 사람은 없었다. 제각기 곁사람을 돌아보았다.

연해 발을 굴렀다. 부르짖었다. 학대받는 인종의 고통을 호소하며 울었다. 그러나, 그저 그뿐이었다. 남의 일로 지주에게 반항하여 제 밥자리까지 떼이기를 꺼림인지, 용감히 앞서 나가는 사람은 없었다.

여는 의사라는 자신의 직업상 송 첨지의 시체를 검시하였다. 돌아오는 길에 여는 '삵'을 만났다. 키가 작은 '삵'을 여는 내려다 보았다. '삵'은 여를 쳐다보았다.

'가련한 인생아. 인종의 거머리야. 가치 없는 인생아. 밥버러지야. 기생충아!'

여는 '삵'에게 말하였다.

"송 첨지가 죽은 줄 아나?"

여의 말에 아직껏 여를 쳐다보고 있던 '삵'의 얼굴이 아래로 떨어졌다. 그리고 여가 발을 떼려는 순간 얼핏 '삵'의 얼굴에 나타난 비창한 표정을 여는 넘길 수가 없었다.

고향을 떠난 만리 밖에서 학대받는 인종의 가엾음을 생각하고 그 밤은 여도 잠을 못 이루었다.

그 억울함을 호소할 곳도 못 가진 우리의 처지를 생각하고, 여도 눈물을 금치 못하였다.

이튿날 아침이었다.

여를 깨우러 오는 사람의 소리에 여는 반사적으로 일어났다.

'삵'이 동구(洞口) 밖에서 피투성이가 되어 죽어 있다는 것이었다. 여는 '삵'이라는 말에 눈살을 찌푸렸다. 그러나 의사라는 직업상 곧 가방을 수습하여 가지고 '삵'이 넘어진 데까지 달려갔다. 송 첨지의 장례식 때문에 모였던 사람 몇은 여의 뒤를 따라왔다.

여는 보았다. '삵'의 허리가 기역자로 뒤로 부러져 밭고랑 위에

넘어져 있는 것을. 여는 달려가 보았다. 아직 약간의 온기는 있었
다.

"익호! 익호!"

그러나 그는 정신을 못 차렸다. 여는 응급 수단을 취하였다. 그
의 사지는 무섭게 경련되었다. 이윽고 그가 눈을 번쩍 떴다.

"익호! 정신 드나?"

그는 여의 얼굴을 보았다. 끝이 없이 한참을 쳐다보았다. 그의
눈동자가 움직였다.

겨우 처지를 깨달은 모양이었다.

"선생님, 저는 갔었습니다."

"어디를?"

"그놈…… 지주놈의 집에……."

"무얼?"

여는 눈물 나오려는 눈을 힘있게 닫았다. 그리고 덥석 그의 벌
써 식어 가는 손을 잡았다. 잠시의 침묵이 계속되었다. 그의 사지
에서는 무서운 경련이 끊임없이 일었다. 그것은 죽음의 경련이었
다. 듣기 힘든 작은 소리가 또 그의 입에서 나왔다.

"선생님."

"왜?"

"보구 싶어요. 전 보구 싶……."

"뭣이?"

그는 입을 움직였다. 그러나 말이 안 나왔다. 기운이 부족한 모

양이었다. 잠시 뒤에 그는 또다시 입을 움직였다. 무슨 소리가 그의 입에서 나왔다.

"무얼?"

"보구 싶어요. 붉은 산이…… 그리고 흰 옷이!"

아아, 죽음에 임하여 그는 고국과 동포가 생각난 것이었다. 여는 힘있게 감았던 눈을 고즈넉이 떴다. 그때 '삵'의 눈도 번쩍 뜨였다. 그는 손을 들려고 하였다. 그러나 이미 부러진 그의 손은 들리지 않았다. 그는 머리를 돌이키려 하였다. 그러나 그럴 힘이 없었다.

그는 마지막 힘을 혀끝에 모아 가지고 입을 열었다.

"선생님!"

"왜?"

"저것…… 저것…….."

"무얼?"

"저기 붉은 산이…… 그리고 흰 옷이…… 선생님 저게 뭐예요?"

여는 돌아보았다. 그러나 거기는 황막한 만주 벌판이 전개되어 있을 뿐이었다.

"선생님 노래를 불러 주세요. 마지막 소원…… 노래를 해주세요. 동해물과 백두산이 마르고 닳도록…….."

여는 머리를 끄덕이고 눈을 감았다. 그리고 입을 열었다. 여의 입에서는 창가가 흘러나왔다.

여는 고즈넉이 불렀다.

"동해물과 백두산이……."

고즈넉이 부르는 여의 창가 소리에 뒤에 둘러섰던 다른 사람의
입에서도 숭엄한 코러스는 울려 나왔다.

무궁화 삼천리
화려 강산…….

붉은
산

광막한 겨울의 만주벌 한편 구석에서는 밥버러지 익호의 죽음
을 조상하는 숭엄한 노래가 차차 크게 엄숙하게 울렸다. 그 가운
데 익호의 몸은 점점 식어 갔다.

감자

감 자

　싸움, 간통, 살인, 도적, 구걸, 징역, 이 세상의 모든 비극과 활극의 근원지인 칠성문 밖 빈민굴로 오기 전까지는 복녀 부처는 (사농공상의 제2위에 드는) 농민이었었다.

　복녀는, 원래 가난은 하나마 정직한 농가에서 규칙 있게 자라난 처녀였다. 이전 선비의 엄한 규율은 농민으로 떨어지자부터 없어졌다 하나, 그러나 어딘지는 모르지만 딴 농민보다는 좀 똑똑하고 엄한 가율이 그의 집에 그냥 남아 있었다. 그 가운데서 자라난 복녀는 물론 다른 집 처녀들과 같이 여름에는 벌거벗고 개울에서 멱감고, 바짓바람으로 동네를 돌아다니는 것을 예사로 알기는 알았지만, 그러나 그의 마음속에는 막연하나마 도덕이라는 것에 대한 기품을 가지고 있었다.

　그는 열다섯 살 나는 해에 동리 홀아비에게 팔십 원에 팔려서

시집이라는 것을 갔다. 그의 새서방(영감이라는 편이 적당할까)이
라는 사람은 그보다 이십 년이나 위로서, 원래 아버지의 시대에
는 상당한 농민으로 밭도 몇 마지기가 있었으나, 그의 대로 내려
오면서는 하나 둘 줄기 시작하여, 마지막에 복녀를 산 팔십 원이
그의 마지막 재산이었다. 그는 극도로 게으른 사람이었다. 동
리 노인의 주선으로 소작 밭깨나 얻어 주면, 종자만 뿌려 둔 뒤에
는 후치질도 안하고 김도 안 매고 그냥 내버려두었다가는, 가을
에 가서는 되는대로 거두어서 '금년은 흉년입네' 하고 전줏집에
는 가져도 안 가고 자기 혼자 먹어 버리곤 하였다. 그러니까 그는
한 밭을 이태를 연하여 부쳐 본 일이 없었다. 이리하여 몇 해를
지내는 동안 그는 그 동리에서는 밭을 못 얻을 만큼 인심과 신용
을 잃고 말았다.

　복녀가 시집을 간 뒤 한 삼사 년은 장인의 덕으로 이렁저렁 지
내 갔으나, 이전 선비의 꼬리인 장인은 차차 사위를 밉게 보기 시
작하였다. 그들은 처가에까지 신용을 잃게 되었다.

　그들 부처는 여러 가지로 의논하다가 하릴없이 평양성 안으로
막벌이로 들어왔다. 그러나 게으른 그에게는 막벌이나마 역시 되
지 않았다. 하루 종일 지게를 지고 연광정에 가서 대동강만 내려
다보고 있으니, 어찌 막벌이인들 될까. 한 서너 달 막벌이를 하다
가, 그들은 요행 어떤 집 막간(행랑)살이로 들어가게 되었다.

　그러나 그 집에서도 얼마 안하여 쫓겨나왔다. 복녀는 부지런히
주인집 일을 보았지만, 남편의 게으름은 어찌할 수가 없었다. 매

일 복녀는 눈에 칼을 세워 가지고 남편을 채근하였지만, 그의 게으른 버릇은 개를 줄 수는 없었다.

"볏섬 좀 치워 달라우요."

"남 졸음 오는데, 님자 치우시관."

"내가 치우나요?"

"이십 년이나 밥 처먹구 그걸 못 치워."

"에이구, 칵 죽구나 말디."

"이년, 뭘!"

이러한 싸움이 그치지 않다가, 마침내 그 집에서도 쫓겨나왔다.

이젠 어디로 가나? 그들은 하릴없이 칠성문 밖 빈민굴로 밀리어 오게 되었다.

칠성문 밖을 한 부락으로 삼고 그곳에 모여 있는 모든 사람들의 정업은 거러지요, 부업으로는 도적질과(자기네끼리의) 매음, 그밖에 이 세상의 모든 무섭고 더러운 죄악이었었다. 복녀도 그 정업으로 나섰다.

그러나 열아홉 살 한창 좋은 나이의 여편네에게 누가 밥인들 잘 줄까.

"젊은 거이 거랑질은 왜?"

그런 소리를 들을 때마다 그는 여러 가지 말로, 남편이 병으로 죽어 가거니 어쩌거니 핑계는 댔지만, 그런 핑계에는 단련된 평양 시민의 동정은 역시 살 수가 없었다. 그들은 이 칠성문 밖에서

도 가장 가난한 사람 가운데 드는 편이었다. 그 가운데서 잘 수입
되는 사람은 하루에 오 리짜리 돈푼으로 일 원 칠팔십 전의 현금
을 쥐고 돌아오는 사람까지 있었다. 극단으로 나가서 밤에 돈벌
이 나갔던 사람은 그날 밤 사십여 원을 벌어 가지고 와서 그 근처
에서 담배 장사를 시작한 사람까지 있었다.

복녀는 열아홉 살이었다. 얼굴도 그만하면 빤빤하였다. 그 동리
여인들의 보통 하는 일을 본받아서, 그도 돈벌이 좀 잘하는 사람
의 집에라도 간간 찾아가면 매일 오륙십 전은 벌 수가 있었지만,
선비 집안에서 자라난 그는 그런 일은 할 수가 없었다.

감
자

그들 부처는 역시 가난하게 지냈다. 굶는 일도 흔히 있었다.

기자묘 솔밭에 송충이가 끓었다. 그때, 평양 '부'에서는 그 송
충이를 잡는 데(은혜를 베푸는 뜻으로) 칠성문 밖 빈민굴 여인들
을 인부로 쓰게 되었다.

빈민굴 여인들은 모두 다 지원을 하였다. 그러나 뽑힌 것은 겨
우 오십 명쯤이었다. 복녀도 그 뽑힌 사람 가운데 한 사람이었다.

복녀는 열심으로 송충이를 잡았다. 소나무에 사다리를 놓고 올
라가서는, 송충이를 집게로 집어서 약물에 잡아넣고 또 그렇게
하고, 그의 통은 잠깐 사이에 차곤 하였다. 하루에 삼십이 전씩의
품삯이 그의 손에 들어왔다.

그러나 대엿새 하는 동안에 그는 이상한 현상을 하나 발견하였
다. 그것은 다른 것이 아니라, 젊은 여인부 한 여남은 사람은 언

제나 송충이는 안 잡고, 아래서 지절거리며 웃고 날뛰기만 하고 있는 것이었다. 뿐만 아니라, 그 놀고 있는 인부의 품삯은, 일하는 사람의 삯전보다 팔 전이나 더 많이 내어주는 것이었다.

감독은 한 사람뿐이었는데 감독도 그들이 놀고 있는 것을 묵인할 뿐 아니라, 때때로는 자기까지 섞여서 놀고 있었다.

어떤 날 송충이를 잡다가 점심때가 되어서, 나무에서 내려와서 점심을 먹고 다시 올라가려 할 때 감독이 그를 찾았다.

"복네! 애 복네!"

"왜 그릅네까?"

그는 약통과 집게를 놓고 뒤로 돌아섰다.

"좀 오너라."

그는 말없이 감독 앞에 갔다.

"애, 너, 음…… 데 뒤 좀 가 보디 않갔니?"

"뭘 하레요?"

"글쎄, 가야……."

"가디요. ……형님!"

그는 돌아서면서 인부들 모여 있는 데로 고함쳤다.

"형님두 갑세다가레."

"싫다 애, 둘이서 재미나게 가는데, 내가 무슨 맛에 가갔니?"

복녀는 얼굴이 새빨갛게 되면서 감독에게로 돌아섰다.

"가 보자."

감독은 저편으로 갔다. 복녀는 머리를 수그리고 따라갔다.

"복네 좋갔구나."

뒤에서 이러한 조롱 소리가 들렸다. 복녀의 숙인 얼굴은 더욱 발갛게 되었다.

그날부터 복녀도 '일 안하고 품삯 많이 받는 인부'의 한 사람으로 되었다.

복녀의 도덕관 내지 인생관은 그때부터 변하였다.

그는 아직껏 딴 사내와 관계를 한다는 것을 생각하여 본 일도 없었다. 그것은 사람의 일이 아니요, 짐승의 하는 짓쯤으로만 알고 있었다. 혹은 그런 일을 하면 탁 죽어지는지도 모를 일로 알았다.

그러나 이런 이상한 일이 어디 다시 있을까. 사람인 자기도 그런 일을 한 것을 보면, 그것은 결코 사람으로 못할 일이 아니었었다. 게다가 일 안하고도 돈 더 받고, 긴장된 유쾌가 있고, 빌어먹는 것보다 점잖고…… 일본말로 하자면 '삼박자(三拍子)' 같은 좋은 일은 이것뿐이었다. 이것이야말로 삶의 비결이 아닐까. 뿐만 아니라, 이 일이 있은 뒤부터, 그는 처음으로 한 개 사람이 된 것 같은 자신까지 얻었다.

그 뒤부터는, 그는 얼굴에 조금씩 분도 바르게 되었다.

일 년이 지났다.

그의 처세의 비결은 더욱더 순탄히 진척되었다. 그의 부처는 이

29

제는 그리 궁하게 지내지는 않게 되었다.

그의 남편은 이것이 결국 좋은 일이라는 듯이 아랫목에 누워서 벌신벌신 웃고 있었다.

복녀의 얼굴은 더욱 이뻐졌다.

"여보 아즈바니, 오늘은 얼마나 벌었소?"

복녀는 돈 좀 많이 번 듯한 거지를 보면 이렇게 찾는다.

"오늘은 많이 못 벌었쉐다."

"얼마?"

"도무지 열서너 냥."

"많이 벌었쉐다가레. 한 댓 냥 꿰 주소고레."

"오늘은 내가……."

어쩌고어쩌고 하면, 복녀는 곧 뛰어가서 그의 팔에 늘어진다.

"나한테 들킨 댐에는 뀌구야 말아요."

"나 원, 이 아즈마니 만나믄 야단이더라. 자 꿰 주디. 그 대신 응? 알아 있디?"

"난 몰라요. 해해해해."

"모르믄, 안 줄 테야."

"글쎄, 알았대두 그른다."

그의 성격은 이만큼까지 진보되었다.

가을이 되었다.

칠성문 밖 빈민굴 여인들은 가을이 되면 칠성문 밖에 있는 중국인 채마밭에 감자(고구마)며 배추를 도적질하러, 밤에 바구니를 가지고 간다. 복녀도 감자깨나 잘 도적질하여 왔다.

어떤 날 밤, 그는 고구마 한 바구니를 잘 도적질하여 가지고, 이젠 돌아오려고 일어설 때, 그의 뒤에 시꺼먼 그림자가 서서 그를 꽉 붙들었다. 보니, 그것은 그 밭의 주인인 중국인 왕 서방이었다. 복녀는 말도 못하고 멀찐멀찐 발 아래만 내려다보고 있었다.

감
자

"우리 집에 가."

왕 서방은 이렇게 말하였다.

"가재믄 가디. 원, 것두 못 갈까."

복녀는 엉덩이를 한 번 홱 두른 뒤에, 머리를 젖히고 바구니를 저으면서 왕 서방을 따라갔다.

한 시간쯤 뒤에 그는 왕 서방의 집에서 나왔다. 그가 밭고랑에서 길로 들어서려 할 때, 문득 뒤에서 누가 그를 찾았다.

"복네 아니야?"

복녀는 홱 돌아서 보았다. 거기는 자기 곁집 여편네가 바구니를 끼고, 어두운 밭고랑을 더듬더듬 나오고 있었다.

"형님이댔쉐까? 형님두 들어갔댔쉐까?"

"님자두 들어갔댔나?"

"형님은 뉘 집에?"

"나? 눅 서방네 집에. 님자는?"

"난 왕 서방네……. 형님, 얼마 받았소?"

"눅 서방네…… 그 깍쟁이 놈. 배추 세 페기……."
"난 삼 원 받았디."
복녀는 자랑스러운 듯이 대답하였다.
십 분쯤 뒤에 그는 자기 남편과 그 앞에 돈 삼 원을 내놓은 뒤에, 아까 그 왕 서방의 이야기를 하면서 웃고 있었다.

그 뒤부터 왕 서방은 무시로 복녀를 찾아왔다.
한참 왕 서방이 눈만 멀찐멀찐 앉아 있으면, 복녀의 남편은 눈치를 채고 밖으로 나갔다. 왕 서방이 돌아간 뒤에 그들 부처는, 일 원 혹은 이 원을 가운데 놓고 기뻐하곤 하였다.
복녀는 차차 동리 거지들한테 애교를 파는 것을 중지하였다. 왕 서방이 분주하여 못 올 때가 있으면 복녀는 스스로 왕 서방의 집까지 찾아갈 때도 있었다.
복녀 부처는 이제 이 빈민굴의 한 부자였다.

그 겨울도 가고 봄이 이르렀다.
그때 왕 서방은 돈 백 원으로 어떤 처녀를 하나 마누라로 사 오게 되었다.
"흥!"
복녀는 다만 코웃음만 쳤다.
"복녀, 강짜하갔구만."
농리 여편네들이 이런 말을 하면, 복녀는 흥 하고 코웃음을 웃

32

곤 하였다.

내가 강짜를 해? 그는 늘 힘있게 부인하고 있었다. 그러나 그의 마음에 생기는 검은 그림자는 어찌할 수가 없었다.

"이놈 왕 서방, 내 두고 보자."

왕 서방이 색시를 데려오는 날이 가까웠다. 왕 서방은 여태껏 자랑하던 기다란 머리를 깎았다. 동시에 그것은 새색시의 의견이라는 소문이 쫙 퍼졌다.

"흥!"

복녀는 역시 코웃음만 쳤다.

마침내 새색시가 오는 날에 이르렀다. 칠보단장에 사인교를 탄 색시가 칠성문 밖 채마밭 가운데 있는 왕 서방의 집에 이르렀다.

밤이 깊도록, 왕 서방의 집에는 중국인들이 모여서 별한 악기를 뜯으며 별한 곡조로 노래하며 야단하였다. 복녀는 집 모퉁이에 숨어 서서 눈에 살기를 띠고 방 안의 동정을 듣고 있었다.

다른 중국인들이 새벽 두시쯤 하여 돌아가는 것을 보면서 복녀는 왕 서방의 집 안에 들어갔다. 복녀의 얼굴에는 분이 하얗게 발리어 있었다.

신랑 신부는 놀라서 그를 쳐다보았다. 그것을 무서운 눈으로 흘겨보면서, 그는 왕 서방에게 가서 팔을 잡고 늘어졌다. 그의 입에서는 이상한 웃음이 흘렀다.

"자, 우리 집으로 가요."

왕 서방은 아무 말도 못하였다. 눈만 정처 없이 두룩두룩하였다. 복녀는 다시 한 번 왕 서방을 흔들었다.

"자, 어서."

"우리, 오늘 밤 일이 있어 못 가."

"일은 밤중에 무슨 일."

"그래두, 우리 일이……."

복녀의 입에 여태껏 떠돌던 이상한 웃음이 문득 없어졌다.

"이까짓 것!"

그는 발을 들어서 치장한 신부의 머리를 찼다.

"자, 가자우, 가자우."

왕 서방은 와들와들 떨었다. 왕 서방은 복녀의 손을 뿌리쳤다. 복녀는 쓰러졌다. 그러나 곧 다시 일어섰다. 그가 다시 일어설 때는, 그의 손에는 얼른얼른하는 낫이 한 자루 들리어 있었다.

"이 되놈, 죽어라, 죽어라. 이놈, 나 때렸디! 이놈아, 아이구, 사람 죽이누나."

그는 목을 놓고 처울면서 낫을 휘둘렀다. 칠성문 밖 외따른 밭 가운데 홀로 서 있는 왕 서방의 집에서는 일장의 활극이 일어났다. 그러나 그 활극도 곧 잠잠하게 되었다. 복녀의 손에 들리어 있던 낫은 어느덧 왕 서방의 손으로 넘어가고, 복녀는 목으로 피를 쏟으면서 그 자리에 고꾸라져 있었다.

복녀의 송장은 사흘이 지나도록 무덤으로 못 갔다. 왕 서방은 몇 번을 복녀의 남편을 찾아갔다. 복녀의 남편도 때때로 왕 서방을 찾아갔다. 둘의 사이에는 무슨 교섭하는 일이 있었다.

사흘이 지났다.

밤중에 복녀의 시체는 왕 서방의 집에서 남편의 집으로 옮겨졌다. 그리고 시체에는 세 사람이 둘러앉았다. 한 사람은 복녀의 남편, 한 사람은 왕 서방, 또 한 사람은 어떤 한방 의사. 왕 서방은 말없이 돈주머니를 꺼내어, 십 원짜리 지폐 석 장을 복녀의 남편에게 주었다. 한방 의사의 손에도 십 원짜리 두 장이 갔다.

이튿날, 복녀는 뇌일혈로 죽었다는 한방의의 진단으로 공동묘지로 실려 갔다.

감
자

배따라기

배따라기

좋은 일기이다.

좋은 일기라도, 하늘에 구름 한 점 없는 —— 우리 '사람'으로서는 감히 접근 못할 위엄을 가지고, 높이서 우리 조그만 '사람'을 비웃는 듯이 내려다보는 그런 교만한 하늘은 아니고, 가장 우리 '사람'의 이해자인 듯이 낮추 뭉글뭉글 엉기는 분홍빛 구름으로서 우리와 서로 손목을 잡자는 그런 하늘이다. 사랑의 하늘이다.

나는 잠시도 멎지 않고, 푸른 물을 황해로 부어 내리는 대동강을 향한, 모란봉 기슭 새파랗게 돋아나는 풀 위에 뒹굴고 있었다.

이날은 삼월 삼질, 대동강에 첫 뱃놀이 하는 날이다. 까맣게 내려다보이는 물 위에는, 결결이 반짝이는 물결을 푸른 놀잇배들이 타고 넘으며, 거기서는 봄 향기에 취한 형형색색의 선율이 우단보다도 부드러운 봄 공기를 흔들면서 날아온다. 그리고 거기서 기생들의 노래와 함께 날아오는 조선 아악(雅樂)은 느리게, 길게, 유창하게, 부드럽게, 그리고 또 애처롭게 —— 모든 봄의 정다움과 끝까지 조화하지 않고는 안 두겠다는 듯이 대동강에 흐르는 시꺼먼 봄물, 청류벽에 돋아나는 푸르른 풀어음, 심지어 사람의 가슴 속에 봄에 뛰노는 불붙는 핏줄기까지라도, 습기 많은 봄 공기를 다리 놓고 떨리지 않고는 두지 않는다.

봄이다. 봄이 왔다.

부드럽게 부는 조그만 바람이, 시꺼먼 조선솔을 꿰며, 또는 돋아나는 풀을 스치고 지나갈 때의 그 음악은, 다른 데서는 듣지 못할 아름다운 음악이다.

아아, 사람을 취하게 하는 푸르른 봄의 아름다움이여! 열다섯 살부터의 동경(東京) 생활에, 마음껏 이런 봄을 보지 못하였던 나는, 늘 이것을 보는 사람보다 곱 이상의 감명을 여기서 받지 않을 수 없다.

평양성 내에는, 겨우 툭툭 터진 땅을 헤치면 파릇파릇 돋아나는 나무새기와 돋아나려는 버들의 어음으로 봄이 온 줄 알 뿐, 아직 완전히 봄에 안 이르렀지만, 이 모란봉 일대와 대동강을 넘어 보이는 가나안 옥토를 연상시키는 장림(長林)에는 마음껏 봄의 정다움이 이르렀다.

그리고 또 꽤 자란 밀 보리 들로 새파랗게 장식한 장림의 그 푸른빛, 만족한 웃음을 띠고 그 벌에 서서 내다보는 농부의 모양은, 보지 않아도 생각할 수가 있다.

구름은 자꾸 하늘을 날아다니는 모양이다. 그 밀 위에 비치었던 구름의 그림자는 그 구름과 함께 저편으로 물러가며, 거기는 세계를 아까 만들어 놓은 것 같은 새로운 녹빛이 퍼져 나간다. 바람이나 조금 부는 때는 그 잘 자란 밀들이 물결같이 누웠다 일어났다, 일록일청으로 춤을 춘다. 그리고 봄의 한가함을 찬송하는 솔개들은 높은 하늘에서 동그라미를 그리면서 더욱더 아름다운 봄에 향그러운 정취를 더한다.

"다스한 봄정에 솟아나리다. 다스한 봄정에 솟아나리다."

나는 두어 번 소리나게 읊은 뒤에 담배를 붙여 물었다. 담뱃내는 무럭무럭 하늘로 올라간다.

하늘에도 봄이 왔다.

하늘은 낮았다. 모란봉 꼭대기에 올라가면 넉넉히 만질 수가 있으리 만큼 하늘은 낮다. 그리고 그 낮은 하늘보다는 오히려 더 높이 있는 듯한 분홍빛 구름은, 뭉글뭉글 엉기면서 이리저리 날아다닌다.

나는 이러한 아름다운 봄 경치에 이렇게 마음껏 봄의 속삭임을 들을 때는, 언제든 유토피아를 아니 생각할 수 없다. 우리가 시시각각으로 애를 쓰며 수고하는 것은 —— 그 목적은 무엇인가? 역시 유토피아 건설에 있지 않을까? 유토피아를 생각할 때는 언제든 그 '위대한 인격의 소유자'이며 '사람의 위대함을 끝까지 즐긴' 진나라 시황〔秦始皇〕을 생각지 않을 수 없다.

우리는 어찌하면 죽지를 아니할까 하여, 소년 삼백을 배를 태워

불사약을 구하러 떠나보내며, 예술의 사치를 다하여 아방궁을 지으며 매일 신하 몇천 명과 잔치로써 즐기며, 이리하여 여기 한 유토피아를 세우려던 시황은, 몇만의 역사가가 어떻다고 욕을 하든, 그는 정말로 인생의 향락자며 역사 이후의 제일 큰 위인이라고 할 수가 있다. 그만한 순진한 용기 있는 사람이 있고야 우리 인류의 역사는 끝이 날지라도 한 '사람'을 가졌었다고 할 수 있다.

배
따
라
기

"큰사람이었었다."

하면서 나는 머리를 들었다.

이때다. 기자묘 근처에서 무슨 슬픈 음률이 봄 공기를 진동시키며 날아오는 것이 들렸다.

나는 무심코 귀를 기울였다.

〈영유 배따라기〉다. 그것도 웬만한 광대나 기생은 발꿈치에도 미치지 못하리 만큼 —— 그만큼 그 배따라기의 주인은 잘 부르는 사람이었다.

비나이다, 비나이다.
산천후토 일월성신 하나님전 비나이다.
실낱 같은 우리 목숨 살려 달라 비나이다.
에 —— 야 어그여지야.

여기까지 이르렀을 때에 저편 아래 물에서 장구(長鼓) 소리와 함께 기생의 노래가 울려오며 배따라기는 그만 안 들리게 되었다. 나는 이 년 전 한여름을 영유서 지내 본 일이 있다. 배따라기의 본고장인 영유를 몇 달 있어 본 사람은 그 배따라기에 대하여 언제든 한 속절없는 애처로움을 깨달을 것이다.

영유, 이름은 모르지만 ×산에 올라가서 내려다보면 앞은 망망한 황해이니, 그곳 저녁때의 경치는 한 번 본 사람은 영구히 잊을 수가 없으리라. 불덩이 같은 커다란 시뻘건 해가 남실남실 넘치는 바다에 도로 빠질 듯, 도로 솟아오를 듯 춤을 추며, 거기서 때때로 보이지 않는 배에서 배따라기만 슬프게 날아오는 것을 들을 때엔 눈물 많은 나는 때때로 눈물을 흘렸다. 이로 보아서 어떤 원의 아내가 자기의 모든 영화를 낡은 신같이 내던지고 뱃사람과 정처 없는 물길을 떠났다 함도 믿지 못할 말이랄 수가 없다.

영유서 돌아온 뒤에도 그 배따라기는 내 마음속에 깊이 새겨져 잊을 수가 없었고, 언제 한 번 다시 영유를 가서 그 노래를 한 번 더 들어 보고 그 경치를 다시 한 번 보고 싶은 생각이 늘 떠나지를 않았다.

장구 소리와 기생의 노래는 멎고 배따라기만 구슬프게 날아온다. 결결이 부는 바람으로 말미암아 때때로는 들을 수가 없으되, 나의 기억과 곡조를 종합하여 들은 배따라기는 이 대목이다.

강변에 나왔다가
나를 보더니만,

혼비백산하여
꿈인지 생시인지
와르륵 달려들어
섬섬옥수로 부쳐잡고
호천망극 하는 말이
'하늘로서 떨어지며
땅으로서 솟아났나.
바람결에 묻어 오고
구름길에 싸여 왔나.'
이리 서로 붙들고 울음 울 제,
인리 제인이며
일가 친척이 모두 모여

배
따
라
기

여기까지 들은 나는 마침내 참지 못하고 벌떡 일어서서 소나무
가지에 걸었던 모자를 내려 쓰고, 그곳을 찾으러 모란봉 꼭대기
에 올라섰다. 꼭대기는 좀더 노랫소리가 잘 들린다. 그는 〈배따라
기〉의 맨 마지막, 여기를 부른다.

밥을 빌어서
죽을 쑬지라도
제발 덕분에
뱃놈 노릇은 하지 말아.

에 —— 야 어그여지야……

그의 소리로 방향을 찾으려던 나는, 그만 그 자리에 섰다.

"어딘가? 기자묘? 혹은 을밀대?"

그러나 나는 오래 서 있을 수가 없었다. 어떻든 찾아보자 하고, 현무문으로 가서 문 밖에 썩 나섰다. 기자묘의 깊은 솔밭은 눈앞에 쫙 퍼진다.

"어딘가?"

나는 또 물어 보았다.

이때에 그는 또다시 배따라기를 시초부터 부른다. 그 소리는 왼편에서 온다.

왼편이구나 하면서, 소리나는 곳을 더듬어서 소나무 틈으로 한참 돌다가, 겨우 기자묘치고는 그 중 하늘이 넓고 밝은 곳에, 혼자서 뒹굴고 있는 그를 찾아내었다. 나의 생각한 바와 같은 얼굴이다. 얼굴, 코, 입, 눈, 몸집이 모두 네모나고 —— 그의 이마의 굵은 주름살과 시꺼먼 눈썹은 고생 많이 함과 순진한 성격을 나타낸다.

그는 어떤 신사가 자기를 들여다보는 것을 보고, 노래를 그치고 일어나 앉는다.

"왜? 그냥 하지요."

하면서 나는 그의 곁에 가 앉았다.

"머……"

44

할 뿐 그는 눈을 들어서 터진 하늘을 쳐다본다.

좋은 눈이었다. 바다의 넓고 큼이 유감 없이 그의 눈에 나타나 있다. 그는 뱃사람이라 나는 짐작하였다.

"고향이 영유요?"

"예. 머, 영유서 나기는 했디만, 한 이십 년 영윤 가 보디두 않았이요."

"왜, 이십 년씩 고향엘 안 가요?"

"사람의 일이라니, 마음대로 됩데까?"

그는 왜 그러는지 한숨을 짓는다.

"거저, 운명이 데일 힘셉디다."

운명의 힘이 제일 세다는 그의 소리는 삭이지 못할 원한과 뉘우침이 섞여 있다.

"그래요?"

나는 다만 그를 건너다볼 뿐이다.

한참 잠잠하니 있다가 나는 다시 말하였다.

"자, 노형의 경험담이나 한번 들어 봅시다. 감출 일이 아니면 한번 이야기해 보소."

"머, 감출 일은……."

"그럼, 어디 들어 봅시다그려."

그는 다시 하늘을 쳐다보았다. 그러나 좀 있다가,

"하디요."

하면서 내가 담배를 붙이는 것을 보고 자기도 담배를 붙여 물고 이야기를 꺼낸다.

"잊히디두 않는 십구 년 전 팔월 열하룻날 일인데요."

하면서 그가 이야기한 바는 대략 이와 같은 것이다.

그의 살던 마을은 영유 고을서 한 이십 리 떠나 있는 바다를 향한 조그만 어촌이다. 그의 살던 조그만 마을(서른 집쯤 되는)에서는 그는 꽤 유명한 사람이었다.

그의 부모는 모두 열대여섯에 돌아갔고, 남은 사람이라고는 곁집에 딴살림하는 그의 아우 부처와 그 자기 부처뿐이었다. 그들 형제가 그 마을에서 제일 부자이고 또 제일 고기잡이를 잘하였고, 그 중 글이 있었고, 〈배따라기〉도 그 마을에서 빼나게 그 형제가 잘 불렀다. 말하자면 그 형제가 그 동네의 대표적인 사람이었다.

팔월 보름은 추석 명절이다. 팔월 열하룻날 그는 명절에 쓸 장도 볼 겸, 그의 아내가 늘 부러워하는 거울도 하나 사 올 겸, 장으로 향하였다.

"당손네 집에 있는 것보다 큰 거이요, 잊디 말구요."

그의 아내는 길까지 따라나오면서 잊지 않도록 부탁하였다.

"안 잊어."

하면서 그는 떠오르는 새빨간 햇빛을 앞으로 받으면서 자기 마을을 나섰다.

그는 아내를 (이렇게 말하기는 우습지만) 고와했다. 그의 아내는 촌에서는 드물도록 연연하고도 예쁘게 생겼다(그는 나에게 이렇게 말하였다).

"성내(평양) 덴줏골(갈보촌)을 가두 그만한 거 쉽디 않갔이요."

그러니까 촌에서는, 그리고 그 당시에는 남에게 우습게 보이도록 그 내외의 사이는 좋았다. 늙은이들은 계집에게 혹하지 말라고 흔히 그에게 권고하였다.

부처의 사이는 좋았지만 ── 아니, 오히려 좋으므로 그는 아내에게 샘을 많이 하였다. 그리고 그의 아내는 시기를 받을 일을 많이 하였다. 품행이 나쁘다는 것이 아니라, 그의 아내는 대단히 천진스럽고 쾌활한 성질로서 아무에게나 말 잘하고 애교를 잘 부렸다.

그 동네에서는 무슨 명절이나 되면, 집이 그 중 정결함을 핑계 삼아 젊은이들은 모두 그의 집에 모이곤 하였다. 그 젊은이들은 모두 그의 아내에게 '아즈마니'라 부르고, 그의 아내는 아내대로 '아즈바니 아즈바니' 하며 그들과 지껄이고 즐기며, 그 웃기 잘하는 입에는 늘 웃음을 흘리고 있었다. 그럴 때마다 그는 한편 구석에서 눈만 할금거리며 있다가 젊은이들이 돌아간 뒤에는 불문곡직하고 아내에게 덤벼들어, 발길로 차고 때리며, 이전에 사다 주었던 것을 모두 걷어올린다. 싸움을 할 때에는 언제든 곁집에 있는 아우 부처가 말리러 오며, 그렇게 되면 언제든 그는 아우 부처까지 때려 주었다.

그가 아우에게 그렇게 구는 데는 이유가 있었다. 그의 아우는

시골 사람에게는 쉽지 않도록 늠름한 위엄이 있었고, 매일 바닷
바람을 쏘였지만 얼굴이 희었다. 이것뿐으로도 시기가 된다 하면
되지만, 특별히 아내가 그의 아우에게 친절히 하는 데는, 그는 속
이 끓어 못 견디었다.

　그가 영유를 떠나기 반년 전쯤 —— 다시 말하자면 그가 거울을
사러 장에 갈 때부터 반년 전쯤, 그의 생일날이었다. 그의 집에서
는 음식을 차려서 잘 먹었는데, 그에게는 괴상한 버릇이 있었으
니, 맛있는 음식은 남겨 두었다가 좀 있다 먹고 하는 것이 습관이
었다. 그의 아내도 이 버릇은 잘 알 터인데 그의 아우가 점심때쯤
오니까, 아까 그가 아껴서 남겨 두었던 그 음식을 아우에게 주려
하였다. 그는 눈을 부릅뜨고 '못 주리라'고 암호하였지만 아내는
그것을 보았는지 못 보았는지 그의 아우에게 주어 버렸다. 그는
마음속이 자못 편치 못하였다. '트집만 있으면 이년을……' 그는
마음먹었다.

　그의 아내는 시아우에게 상을 준 뒤에 물러오다가 그만 그의 발
을 조금 밟았다.

　"이년!"

　그는 힘껏 발을 들어서 아내를 냅다 찼다. 그의 아내는 상 위에
거꾸러졌다가 일어난다.

　"이년, 사나이 발을 짓밟는 년이 어디 있어!"

　"거 좀 밟아서 발이 부러뎄쉐까?"

　아내는 낯이 새빨개져서 울음 섞인 소리로 고함친다.

"이년! 말대답이……."

그는 일어서서 아내의 머리채를 휘어잡았다.

"형님! 왜 이러십니까?"

아우가 일어서면서 그를 붙잡았다.

"가만있거라, 이놈의 자식."

하며, 그는 아우를 밀친 뒤에 아내를 되는 대로 내리찧었다.

"죽일 년, 이년! 나가거라!"

"죽여라, 죽여라! 난, 죽어도 이 집에선 못 나가!"

"못 나가?"

"못 나가디 않구, 뉘 집이게……."

이때다. 그의 마음에는 그 '못 나가겠다'는 아내의 마음이 푹 들이박혔다. 그 이상 때리기가 싫었다. 우두커니 눈만 흘기고 있다가 그는,

"망할 년, 그럼 내가 나갈라."

하고 그만 문 밖으로 뛰어나와서,

"형님, 어디 갑니까?"

하는 아우의 말에는 대답도 안하고, 곁동네 탁줏집으로 뒤도 안 돌아보고 가서, 거기 있는 술 파는 계집과 술상 앞에 마주 앉았다.

그날 저녁, 얼근히 취한 그는 아내를 위하여 떡을 한 돈어치 사 가지고 집으로 돌아왔다. 이리하여 또 서너 달은 평화가 이르렀다. 그러나 이 평화가 언제까지든 계속될 수가 없었다. 그의 아우

로 말미암아 또 평화는 쪼개져 나갔다.

　오월 초승부터 영유 고을 출입이 잦던 그의 아우는 오월 그믐께부터는 고을서 며칠씩 묵어 오는 일이 많았다. 함께, 고을에 첩을 얻어 두었다는 소문이 퍼졌다. 이 소문이 있은 뒤는 아내는 그의 아우가 고을 들어가는 것을 벌레보다도 더 싫어하고, 며칠 묵어서 오는 때면 곧 아우의 집으로 가서 그와 담판을 하며 심지어 동서 되는 아우의 처에까지 못 가게 하지 않는다고 싸우는 일이 있었다. 칠월 초승께 그의 아우는 고을에 들어가서 열흘쯤 묵어 온 일이 있었다. 이때도 전과 같이 그의 아내는 그의 아우며 계수와 싸우다 못하여, 마침내 그에게까지 와서 아우가 그런 못된 데를 다니는 것을 그냥 둔다고, 해 보자 한다. 그 꼴을 곱게 보지 않았던 그는 첫마디로 고함을 쳤다.

　"네게 상관이 무에가? 듣기 싫다."

　"못난둥이. 아우가 그런 델 댕기는 걸 말리디두 못하고!"

　분김에 이렇게 그의 아내는 고함쳤다.

　"이년, 무얼?"

　그는 벌떡 일어섰다.

　"못난둥이!"

　그 말이 채 끝나기 전에 그의 아내는 악 소리와 함께 그 자리에 거꾸러졌다.

　"이년! 사나이에게 그 따윗 말버릇 어디서 배완!"

　"에미네 때리는 건 어디서 배왔노? 못난둥이!"

그의 아내는 울음소리로 부르짖었다.

"상년, 그냥? 나갈! 우리 집에 있디 말구 나갈!"

그는 내리찧으면서 부르짖었다. 그리고 아내를 문을 열고 밀쳤다.

"나가디 않으리."

하고 그의 아내는 울면서 뛰어나갔다.

"망할 년!"

토하는 듯이 중얼거리고 그는 그 자리에 주저앉았다.

배
따
라
기

그의 아내는 해가 져서 어두워져도 돌아오지 않았다. 일단 내쫓기는 하였지만, 그는 아내의 돌아옴을 기다리고 있었다. 어두워져서도 그는 불도 안 켜고, 성이 나서 우들우들 떨면서 아내의 돌아오기를 기다렸다. 그러나 그의 아내의 참 기쁜 듯이 웃는 소리가 그의 아우의 집에서 밤새도록 울리었다. 그는 움쩍도 안하고 그 자리에 앉아서 밤을 새운 뒤에, 새벽 동터 올 때 아내와 아우를 죽이려고 부엌에 가서 식칼을 가지고 돌아와서 문을 벌컥 열었다.

그의 아내로서 만약 근심스러운 얼굴을 하고 그 문 밖에 우두커니 서서 문을 들여다보고 있지 않았다면, 그는 아내와 아우를 죽이고야 말았으리라.

그는 아내를 보는 순간, 마음에 가득 차는 사랑을 깨달으면서, 칼을 내던지고 뛰어나가서 아내의 머리채를 휘어잡고 이년 하면서 들어와서 뺨을 물어뜯으면서 함께 이리저리 자빠져서 뒹굴었다.

그런 이야기는 다 하려면 끝이 없으되 '그', '그의 아내', '그의 아우' 세 사람의 삼각 관계는 대략 이와 같았다.

〈각설〉

거울은 마침 장에 마음에 맞는 것이 있었다. 지금 것과 대 보면, 어떤 때는 코도 크게 보이고 입이 작게도 보이는 것이지만, 그 당시에는, 그리고 그런 촌에서는 둘도 없는 귀물이었다. 거울을 사 가지고 장을 본 뒤에 그는 이 거울을 아내에게 주면 그 기뻐할 모양을 생각하며, 새빨간 저녁 햇빛을 받는, 넘치는 듯한 바다를 안고 자기 집으로, 늘 들러 오던 탁줏집에도 안 들러서 돌아왔다.

그러나 그가 그의 집 방 안에 들어설 때에는, 뜻도 안하였던 광경이 그의 눈에 벌어져 있었다.

방 가운데는 떡상이 있고, 그의 아우는 수건이 벗어져서 목 뒤로 늘어지고, 저고리 고름이 모두 풀어져 가지고 한편 모퉁이에 서 있고, 아내도 머리채가 모두 뒤로 늘어지고, 치마가 배꼽 아래로 늘어지도록 되어 있으며, 그의 아내와 아우는 그를 보고 어찌할 줄을 모르는 듯이, 움쩍도 안하고 서 있었다.

세 사람은 한참 동안 어이가 없어서 서 있었다. 그러나 좀 있다가 마침내 그의 아우가 겨우 말했다.

"그놈의 쥐 어디 갔니?"

"흥! 쥐? 훌륭한 쥐 잡댔구나!"

그는 말을 끝내지도 않고, 짐을 벗어 던지고, 뛰어가서 아우의 멱살을 끌어잡았다.

"형님! 정말 쥐가……."

"쥐? 이놈! 형수하고 그런 쥐 잡는 놈이 어디 있니?"

그는 아우의 따귀를 몇 대 때린 뒤에 등을 밀어서 문 밖으로 내던졌다. 그런 뒤에 이제 자기에게 이를 매를 생각하고, 우들우들 떨면서 아랫목에 서 있는 아내에게 달려들었다.

배
따
라
기

"이년! 시아우와 그런 쥐 잡는 년이 어디 있어?"

그는 아내를 거꾸러뜨리고 함부로 내리찧었다.

"정말 쥐가…… 아이, 죽겠다."

"이년! 너두 쥐? 죽어라!"

그의 팔다리는 함부로 아내의 몸에 오르내렸다.

"아이, 죽갔다. 정말 아까 적은이(시아우) 왔기에 떡 자시라구 내놓았더니……."

"듣기 싫다! 시아우 붙은 년이, 무슨 잔소릴……."

"아이, 아이, 정말이야요. 쥐가 한 마리 나……."

"그냥 쥐?"

"쥐 잡을래다가……."

"상년! 죽어라! 물에래두 빠데 죽얼!"

그는 실컷 때린 뒤에, 아내도 아우처럼 등을 밀어 쫓았다. 그 뒤에 그의 등으로,

"고기 배때기에 장사해라!"

고 토하였다.

분풀이는 실컷 하였지만 그래도 마음속이 자못 편치 못하였다. 그는 아랫목으로 가서, 바람벽을 의지하고 실신한 사람같이 우두커니 서서 떡상만 들여다보고 있었다.

한 시간…… 두 시간…….

서편으로 바다를 향한 마을이라, 다른 곳보다는 늦게 어둡지만, 그래도 술시(戌時)쯤 되어서는 깜깜하니 어두웠다. 그는 불을 켜려고 바람벽에서 떠나 성냥을 찾으러 돌아갔다.

성냥은 늘 있던 자리에 있지 않았다. 그래서 여기저기 뒤적이노라니까, 어떤 낡은 옷뭉치를 들칠 때에 문득 쥐소리가 나면서 무엇이 후닥닥 뛰어나온다. 그리하여 저편으로 기어서 도망한다.

"역시 쥐됐구나!"

그는 조그만 소리로 부르짖었다. 그리고 그만 그 자리에 맥없이 털썩 주저앉았다.

아까 그가 보지 못한 때의 광경이, 활동 사진과 같이 그의 머리에 지나갔다.

아우가 집에를 온다. 아우에게 친절한 아내는 떡을 먹으라고 아우에게 떡상을 내놓는다. 그때에 어디선가 쥐가 한 마리 뛰어나온다. 둘(아우와 아내)이서는 쥐를 잡느라고 돌아간다. 한참 성화시키던 쥐는 어느 구석에 숨어 버린다. 그들은 쥐를 찾느라고 두릿거린다. 그럴 때에 그가 집에 들어선 것이다.

"상년, 좀 있으믄 안 들어오리……."

그는 억지로 마음먹고 그 자리에 드러누웠다.

그러나 아내는 밤이 가고 날이 밝기는커녕, 해가 중천에 올라도 돌아오지를 않았다. 그는 차차 걱정이 나서 찾아보러 나섰다.

아우의 집에도 없었다. 동네를 모두 찾아보아도 본 사람도 없다 한다.

그리하여, 낮쯤 한 삼사 리 내려가서 바닷가에서 겨우 아내를 찾기는 찾았지만, 그 아내는 이전 같은 생기로 찬 산 아내가 아니요, 몸은 물에 불어서 곱이나 크게 되고, 이전에 늘 웃음을 흘리던 예쁜 입에는 거품을 잔뜩 물은, 죽은 아내였다.

그는 아내를 업고 집으로 돌아오기까지 정신이 없었다.

이튿날 간단하게 장사를 하였다. 뒤에 따라오는 아우의 얼굴에는,

'형님, 이게 웬일이오니까?'

하는 듯한 원망이 있었다.

장사를 지낸 이튿날부터 아우는 그 조그만 마을에서 없어졌다. 하루 이틀은 심상히 지냈지만, 닷새가 지나도 아우는 돌아오지 않았다. 그래서 알아보니까, 꼭 그의 아우같이 생긴 사람이 오륙 일 전에 멧산자 보따리를 하여 진 뒤에, 시뻘건 저녁해를 등으로 받고 터벅터벅 동쪽으로 가더라 한다. 그리하여 열흘이 지나고 스무 날이 지났지만, 한 번 떠난 그의 아우는 돌아올 길이 없고, 혼자 남은 아우의 아내는 매일 한숨으로 세월을 보내게 되었다.

그도 이것을 잠자코 보고 있을 수가 없었다. 그 불행의 모든 죄

배
따
라
기

는 죄다 그에게 있었다.

그도 마침내 뱃사람이 되어, 적으나마 아내를 삼킨 바다와 늘 접근하며, 가는 곳마다 아우의 소식을 알아보려고, 어떤 배를 얻어타고 물길을 나섰다.

그는 가는 곳마다 아우의 이름과 모습을 말하여 물었으나, 아우의 소식을 알 수가 없었다.

이리하여 꿈결같이 십 년을 지내고 구 년 전 가을, 탁탁히 긴 안개를 꿰며 연안(延安) 바다를 지나가던 그의 배는, 몹시 부는 바람으로 말미암아 파선을 하여 벗 몇 사람은 죽고, 그는 정신을 잃고 물 위에 떠돌고 있었다.

그가 정신을 차린 때는 밤이었다. 그리고 어느덧 그는 물 위에 올라와 있었고, 그를 말리느라고 새빨갛게 피워 놓은 불빛으로 자기를 간호하는 아우를 보았다.

그는 이상히도 놀라지 않고, 천연하게 물었다.

"너, 어딯개(어떻게) 여기 완?"

아우는 잠자코 한참 있다가 겨우 대답하였다.

"형님, 거저 다 운명이외다."

따뜻한 불기운에 깜빡 잠이 들려다가 그는 화닥닥 깨면서 또 말했다.

"십 년 동안에 되게 파리했구나."

"형님, 나두 변했거니와 형님도 몹시 늙으셨쉐다."

이 말을 꿈결같이 들으면서 그는 또 혼혼히 잠이 들었다. 그리하여 두어 시간, 꿀보다도 단 잠을 잔 뒤에 깨어 보니, 아까같이 빨간 불은 피어 있지만 아우는 어디로 갔는지 없어졌다. 곁의 사람에게 물어 보니까 아까 아우는 형의 얼굴을 물끄러미 한참 들여다보고 있다가, 새빨간 불빛을 등으로 받으면서, 터벅터벅 아무 말 없이 어둠 가운데로 사라졌다 한다.

이튿날 아무리 알아보아야 그의 아우는 종적이 없어지고 알 수 없으므로, 그는 하릴없이 다른 배를 얻어타고 또 물길을 떠났다. 그리하여 그의 배가 해주에 이르렀을 때, 그는 해주장에 들어가서 무엇을 사려다가, 저편 맞은편 가게에 얼핏 그의 아우 같은 사람이 있으므로 뛰어가서 보니 그는 벌써 없어졌다. 배가 해주에는 오래 머물지 않으므로 그는 마음은 해주에 남겨 두고, 또다시 바닷길을 떠났다.

그 뒤에 삼 년을 이리저리 돌아다녔어도 아우는 다시 볼 수가 없었다.

그리하여 삼 년이 지나고 지금부터 육 년 전에, 그의 탄 배가 강화도를 지날 날에, 바다를 향한 가파로운 뫼켠에서 바다를 향하여 날아오르는 〈배따라기〉를 들었다. 그것도 어떤 구절과 곡조는 그의 아우 특식으로 변경된 —— 그의 아우가 아니면 부를 사람이 없는 그 〈배따라기〉다.

배가 강화도에는 머무르지 않아서 그저 지나갔으나, 인천서 열흘쯤 머무르게 되었으므로, 그는 곧 내려서 강화도로 건너가 보았다. 거기서 이리저리 찾아다니다가, 어떤 조그만 객줏집에서 물어 보니 이름도 그의 아우요, 생긴 모습도 그의 아우인 사람이 묵어 있기는 하였으나, 사나흘 전에 도로 인천으로 갔다 한다. 그는 곧 돌아서서 인천으로 건너와서 찾아보았지만, 그 조그만 인천서도 그의 아우를 찾을 바가 없었다.

그 뒤에 눈 오고 비 오며, 육 년이 지났지만, 그는 다시 아우를 만나 보지 못하고 아우의 생사까지도 알 수가 없다.

말을 끝낸 그의 눈에는 저녁해에 반사하여 몇 방울의 눈물이 반짝인다.

나는 한참 있다가 겨우 물었다.

"노형 계수는?"

"모르디요. 이십 년을 영유는 안 가 봤으니깐요."

"노형은 이제 어디루 갈 테요?"

"것두 모르디요. 덩처가 있나요? 바람 부는 대로 몰려댕기디요."

그는 다시 한 번 나를 위하여 〈배따라기〉를 불렀다. 아아, 그 속에 잠겨 있는 삭이지 못할 뉘우침, 바다에 대한 애처로운 그리움.

노래를 끝낸 다음에 그는 일어서서 시뻘건 저녁해를 잔뜩 등으로 받고, 을밀대를 향하여 터벅터벅 걸어간다. 나는 그를 말릴 힘이 없어서 멀거니 그의 등만 바라보고 앉아 있었다.

그날 밤, 집에 돌아와서도 그 배따라기와 그의 숙명적 경험담이 귀에 쟁쟁히 울려서 잠을 못 이루고, 이튿날 아침 깨어서 조반도 안 먹고 기자묘로 뛰어가서 또다시 그를 찾아보았다. 그가 어제 깔고 앉았던 풀은 모두 한편으로 누워서 그가 다녀감을 기념하되, 그는 그 근처에 보이지 않았다. 그러나 —— 그러나 배따라기는 어디선가 쟁쟁히 울리어서 모든 소나무들을 떨리지 않고는 안 두겠다는 듯이 날아온다.

"모란봉(牧丹峰)이다. 모란봉에 있다."

하고 나는 한숨에 모란봉으로 뛰어갔다. 모란봉에는 사람이 하나도 없다. 부벽루(浮碧樓)에도 없다.

"을밀대(乙密臺)다."

배따라기

하고 나는 다시 을밀대로 갔다. 을밀대에서 부벽루를 연한, 지옥까지 연한 듯한 골짜기에 물 한 방울을 안 새리라고 빽빽이 난 소나무의 그 모든 잎잎은 떨리는 배따라기를 부르고 있지만, 그는 여기도 있지 않다. 기자묘의, 하늘을 향하여 퍼져 나간 그 모든 소나무의 천만의 잎잎도, 그 아래쪽 퍼진 천만의 풀들도, 모두 그 〈배따라기〉를 슬프게 부르고 있지만, 그는 이 조그만 모란봉 일대에서 찾을 수가 없었다.

강가에 나가서 알아보니, 그의 배는 오늘 새벽에 떠났다 한다. 그 뒤에 여름과 가을이 가고 일 년이 지나서 다시 봄이 이르렀으되, 잠깐 평양을 다녀간 그는 그 숙명적 경험담과 슬픈 〈배따라기〉를 두었을 뿐, 다시 조그만 모란봉에 나타나지 않는다.

모란봉과 기자묘에 다시 봄이 이르러서, 작년에 그가 깔고 앉아서 부러졌던 풀들도 다시 곧게 대가 나서 자줏빛 꽃이 피려 하지

만 끝없는 뉘우침을 다만 한낱 〈배따라기〉로 하소연하는 그는, 이
조그만 모란봉과 기자묘에서 다시 볼 수가 없었다. 다만 그가 남
기고 간 〈배따라기〉만 추억하는 듯이 모든 잎잎이 속삭이고 있을
따름이다.

무지개

무 지 개

비가 갰다. 동시에, 저편 벌 건너 숲 뒤에는 둥그렇게 무지개가 뻗쳤다. 오묘하신 하느님의 재주를 자랑하듯이, 칠색의 영롱한 무지개가 커다랗게 숲 이편 끝에서 저편 끝으로 걸쳤다.

소년은 마루에 걸터앉아서 그것을 바라보고 있었다. 소년의 마음은 차차 뛰놀기 시작하였다. 찬란히 빛나는 무지개는, 마치 소년을 오라는 듯이 그의 아름다운 자태를 소년 앞에 커다랗게 벌리고 있었다.

한나절을 황홀히 그 무지개를 바라보고 있던 소년은, 마음속에 커다란 결심을 하였다.

'저 무지개를 잡아다가 뜰 안에 가져다 놓으면 얼마나 훌륭하고 아름다울 것인가!'

소년은 방 안에 있는 어머니를 찾았다.

"어머니."

"왜?"

어머니는 바느질하던 손을 멈추고, 사랑하는 아들의 얼굴을 보았다.

"어머니, 나 저 무지개 잡으러 가겠어요."

어머니는 일감을 놓았다. 그리고 뚫어지게 아들의 얼굴을 바라보았다.

"예?"

"얘야, 무지개는 못 잡는단다. 멀리 하늘 끝닿은 데 있어서 도저히 잡지 못한단다."

"아니어요, 저 벌 건너 숲 위에 걸려 있는데……."

"아니다. 보기에는 그렇지만, 너의 이 어머니도 오십 년 동안이나 그것을 잡으려 했지만 못 잡았구나."

"그래도 난 잡아요. 예? 내 얼른 가서 잡아 올게요."

어머니는 다시 일감을 들었다. 그의 눈에는 수심이 가득 찼다.

"예? 가요."

찬란히 빛나는 무지개의 유혹은 이 소년에게는 무엇보다도 강한 것이었다. 어머니의 사랑의 품보다도, 따뜻한 가정보다도, 맛있는 국밥보다도, 무지개의 유혹이, 훨씬 더 강하게 이 소년의 마음을 지배하였다. 네 번 다섯 번, 소년은 어머니에게 간청하였다. 어머니도 마침내 이 소년의 바람이 꺾을 수 없이 강한 것임을 알았다.

무
지
개

"정 그럴 것 같으면 가 보기는 해라. 그러나, 벌 건너 저 숲까지 가 보고, 거기서 잡지 못하거든 꼭 돌아와야 한다."

그런 뒤에, 어머니는 아들을 위하여 든든히 차림을 차려 주어서 떠나보냈다.

"어머니! 그럼, 내 얼른 가서 잡아 올게요. 꼭 기다려 주셔요." 하고, 커다란 희망을 가지고 떠나는 아들을, 늙은 어머니는 눈물로 보냈다.

소년은 걸음을 다하고 힘을 다하여 벌을 건너갔다. 그리고 바라던 숲에까지 이르렀다. 그러나 이상하였다. 무지개는 벌써 그곳에 있지 아니하였다. 찬란히 빛나는 무지개는, 더 저편으로 썩 물러가서, 그리고 소년을 이끄는 듯이 아름다운 자태를 커다랗게 벌리고 있었다.

'가까워지기는 가까워졌어. 그러나, 좀더 가야겠구나.'
소년은 또다시 무지개를 바라보았다.

소년은 몸이 좀 피곤하여졌다. 동시에, 마음도 좀 피곤하여졌다. 그러나, 눈앞에 찬란히 빛나는 무지개를 바라볼 때, 소년은 용기를 다시 내어 무지개를 향하여 걸었다. 얼마만큼 가서, 이만하면 되었으려니 하고 눈을 들어서 보았다. 그러나, 찬란히 빛나는 무지개는, 역시 같은 거리에서 그를 오라고 유혹하고 있었다.

소년은 높은 메도 어느덧 하나 넘었다. 그러나, 무지개는 좀처럼 잡을 수가 없었다. 그러나, 그 무지개의 찬란한 빛은 끊임없이, 소년을 오라는 듯이 유혹하였다. 잡힐 듯 잡힐 듯하면서도 잡혀 주지 않는 그 무지개는, 참으로 소년에게는 커다란 유혹이었다.

무
지
개

소년은 용기를 내었다. 그리고, 무지개를 향하여 또 달음박질하였다. 무지개를 잡으려는 오로지 한 조각의 붉은 마음으로, 피곤도 잊고 아픔도 잊고 뛰어가는 소년은, 어떤 산마루에까지 이르러서 마침내 쓰러졌다. 이제는 한 걸음도 더 걸을 용기와 기운이 없었다. 소년은 그 자리에 쓰러지면서 피곤한 잠에 잠기고 말았다.

어지럽고 사나운 꿈, 그 가운데서도 소년의 눈에는 끊임없이 찬란한 무지개의 광채가 어른거렸다. 그리고, 그 무지개의 빛과 어울리는 아름다운 음악이 끊임없이 들렸다. 많은 소년들과 많은 소녀들이 꽃으로 온몸을 장식하고 손을 서로 맞잡고 노래하며 돌아가고 있었다. 그리고, 그 소년 소녀의 동그라미 속에는 칠색이 영롱한 무지개가, 마치 자기 주위에 있는 많은 소년들과 소녀들을 애호하듯이 커다랗게 팔을 벌리고 있었다.

즐거움은
행복은
뉘 것?
누릴 자

누구?

소년들과 소녀들의 노랫소리는 부드럽고 아름답게 울려왔다. 얼마를 이러한 꿈에 잠겨 있던 소년은, 그 꿈에서 벌떡 깨면서 눈을 떴다.

조금 아래, 그다지 멀지 않은 곳에, 무지개는 역시 이 소년이 오기를 기다리는 듯이, 아름다운 빛을 내며 팔을 벌리고 있었다.

'조금 더, 이제 한 걸음!'

소년은 후닥닥 일어섰다. 쏘는 다리, 저린 오금……. 피곤으로 말미암아 소년은 하마터면 넘어질 뻔하였다. 소년은 다리에 힘을 주었다. 온몸에 있는 힘을 다 주었다. 눈 아래에서 황홀히 빛나는 무지개는, 없는 힘을 그로 하여금 다시 내게 한 것이었다.

또다시 그는 무지개를 향하여 달음박질을 하였다. 그러나, 산 중턱에 걸린 줄 알고 뛰어내려오던 소년은 중턱에서 무지개를 만나지 못하였다. 그리고, 산 아래까지 그냥 내려왔지만 무지개는 역시 멀리 물러서서, 마치 소년의 어리석음을 비웃듯이 빛나고 있었다.

'아아. 곤하다.'

소년은 맥이 풀려서 털썩 주저앉았다.

소년은 뒤숭숭한 소리에 놀라 깨었다. 그는 피곤함을 못 이겨서 어느덧 또 쓰러져 잠이 들었던 것이다. 깨어서 보니, 그 근처에는 많은 소년들이 모여 있었다. 그리고, 그들은 무엇인가 다투고 있었다. 무엇을 가지고 다투는가 하고 자세히 들으니, 그들은 무지개가 있는 방향이 서로 이편이다 저편이다 하고 다투는 것이었다.

"무지개는 이쪽에 있다."

어떤 소년은 동쪽을 가리키며 이렇게 말했다.

"정신없는 소리 말아라. 무지개는 저쪽에 있다."

다른 소년은 반대했다.

무
지
개

"너희들은 눈이 있냐 없냐? 저쪽에 있지 않냐? 여직껏 너희들에게 속아서 너희들만 따라왔지만, 무지개는 역시 내 생각대로 저쪽에 있다."

다른 소년은 또 다른 데를 가리켰다. 그러나, 그 많은 소년들이 제각기 가리키는 곳은 한 곳도 정확한 곳이 없었다. 모두 엉뚱한 곳만 가리키면서 서로 다투고 있는 것이었다.

소년도 마침내 일어났다. 그리고, 점잖은 웃음으로 그들을 보았다.

"여보셔요, 당신네들도 무지개를 잡으러 떠난 분이오?"

"그렇소."

"당신네들의 말을 들으니까 무지개는 이곳에 있다 저곳에 있다 다투는 모양인데, 무지개는 바로 우리 눈앞에 있지 않소?"

소년은 무지개를 손가락으로 가리켰다. 다른 사람들은 소년이 가리키는 곳을 바라보았다. 그러나, 무지개는 뵈지 않는 모양이었다. 역시 다툼은 계속되었다. 그리고, 한참 서로 다투던 소년들은 의견이 모두 맞지 않아서, 그곳에서 제가 생각하는 곳으로, 아름다운 무지개를 잡으러 서로 나뉘어서 떠나기로 하였다.

그것을 멀거니 바라보고 있던 소년도 마침내 일어섰다. 그리고, 그는 자기가 무지개가 있다고 믿는 곳을 향하여 또 피곤한 다리를 옮겼다. 무지개는 역시 소년의 눈앞 몇 걸음 밖에서 찬란한 빛을 내고 있었다.

'이번에는 꼭.'

눈앞에 커다랗게 보이는 무지개에 소년의 용기는 백 배나 더하여졌다.

어떤 곳에서 소년은 또 다른 많은 소년의 무리를 보았다.

그들은 모두 든든히 차리고 있었다. 소년은 그들에게 가까이 가서 말을 붙여 보았다.

"여러분은 어디로 가시오?"

"가는 게 아니라, 갔다가 오는 길이오."

그 소년들은 이구동성으로 대답하였다. 그들은 모두 피곤한 듯이 눈에는 정기가 없고 몸은 쇠약해 있었다.

"어디를 갔다가 오시오?"

"무지개를 잡으러……."

"예? 그래, 잡았소?"

"말도 마오. 그것에 속아서 공연히 좋은 세월을 헛되이 보냈소."

"집을 떠난 것은 언제쯤이오?"

"모르겠소. 감감하니까."

"그래, 이젠 그만두겠소?"

"그만두지 않고! 눈앞에 보이는 것 같기에 그것에 속아서 이제 나저제나 하고 지금까지 왔지만, 이젠 무지개라는 것은 도저히 잡지 못할 것인 줄 알았소."

무 지 개

"그래요? 요 앞에 있지 않소?"

"하하하……."

그들은 웃었다.

"그러기에 말이오. 눈앞에, 몇 걸음 앞에 있는 것 같기에, 그것에 속아서 지금까지 세월만 허송했소."

소년은 낙담하였다. 그리고, 자기도 그만 돌아가 버릴까 하였다. 그러나, 이상하였다. 그때, 그 무지개는 쑤욱 더 소년에게 가까이 오며, 그 광채며 빛깔이 더욱 영롱하여져서, 단념하려는 소년으로 하여금 또다시 단념하지 못하게 하였다.

"아아, 아."

소년은 다시 용기를 내었다.

"조금만 더 들어가 봅시다그려. 조금만."

소년은 그들에게 동행을 청하였다. 그러나, 그들은 끝끝내 듣지 않았다. 몇 번을 원하여 본 뒤에, 소년은 그들의 마음을 도저히 돌이키지 못할 것을 알았다. 그리고, 그들과 작별한 뒤에, 그는 다시 그 찬란한 무지개를 향하여 길을 떠났다.

어떤 곳에서 그는 두 소년을 만났다. 그 두 소년은 무엇이 기쁜 지 몹시 만족하다는 듯이 벙글벙글 웃고 있었다. 소년은 그들에 게 가까이 갔다.

"말 좀 물읍시다."

"무슨 말이오?"

"좀 이상한 말이지만, 혹시 두 분은 무지개를 못 보았소?"

사실 소년은, 그때 무지개를 잃어버린 것이었다. 어디로 갔나? 여직껏 눈앞에 찬란히 보이던 그 무지개는 하늘로 솟았는지 땅으 로 새었는지, 홀연히 눈앞에서 그 아름다운 자태를 감추고 만 것 이었다. 소년은 눈이 벌겋게 되어 찾았다. 그러나 찾지 못하여 낙 담하였을 때, 그의 앞에 두 소년이 나타났던 것이다. 두 소년은 빙그레 웃었다.

"무지개 말이오? 무지개는 우리가 벌써 잡았소."

소년은 낙담하였다. 그리고, 낙담에서 절망으로, 절망에서 비분 으로 걷잡을 수 없이 소년의 마음이 떨어져 갈 때에, 이상도 하 다, 홀연히 그의 앞에 역시 칠색이 찬란하게 빛나는 무지개가 문 득 나타났다. 그 광채는 지금까지의 그 무지개보다 더 찬란하였 고, 그 빛깔은 더욱 아름다웠다. 소년의 마음은 절망에서, 단숨에 희망으로 뛰어올랐다.

"어디 봅시다, 봅시다."

"무얼요?"

"두 분이 잡았다는 그 무지개를!"

두 소년은 장한 듯이 품안에서 자기네의 자랑감을 꺼내어 소년에게 보였다. 소년은 그것을 보았다. 그리고, 하마터면 웃을 뻔했다. 그것은 평범하고 변변치 않은 기왓장에 지나지 못하였다. 두 소년은 기왓장을 하나씩 얻어 가지고 기뻐하는 것이었다.

"이게 무지개요? 이건 기왓장이구려."

두 소년은 각기 자기네의 보물을 다시금 살폈다. 그리고, 한 소년은 부르짖었다.

"오, 무지개, 무지개! 나는 드디어 무지개를 잡았다. 이게 무지개가 아니고 무어란 말이오?"

그러나, 한 소년은 한참 정신없이, 자기가 가지고 있는 물건을 보다가, 커다란 한숨과 함께 그 무지개를 높이 들고 절망으로 울부짖었다.

"아니로구나, 아니야! 이것은 무지개가 아니야! 지금까지 무지개로 믿고 기뻐하던 것은 기왓장에 지나지 않는 것이었구나!"

그리고, 그는 그 기왓장을 던지고 소년에게 물었다.

"무지개를 잡으러 떠나셨소?"

"예."

소년은 대답했다.

"그럼, 우리 같이 갑시다. 나는 무지개를 꼭 잡고야 말겠소."

여기서 서로 뜻이 맞은 두 소년은 만족해하는 소년을 남기고,

찬란한 무지개를 잡으러 길을 떠났다.

두 소년은 산을 넘었다. 물결 센 강을 건넜다. 가시덤불을 헤쳤다. 돌밭을 지났다. 그들은 오로지 무지개를 잡으려는 열정으로 온갖 난관을 참으면서 앞으로 앞으로 나갔다.

그들은 가는 길에서 수많은 소년들을 보았다. 어떤 사람은 그 무지개를 잡으려다가 잡지 못하고 낙망하여 집으로 돌아가는 것이었다. 어떤 사람은 변변치 않은 기왓장을 얻어 기뻐하는 것이었다. 그리고, 그 가운데 가장 많은 수효를 점령한 사람은, 무지개를 잡으려다가 잡지 못하고, 심신이 피로하여 쓰러져서 괴로운 부르짖음만 발하는 것이었다.

"아, 무지개! 그것은 마침내 사람의 손으로 잡지 못할 것인가?"

그들은 목쉰 소리로 이렇게 부르짖으며 손을 헤적거리고 있었다. 그리고, 그 가운데는 낙망과 피곤 끝에 벌써 저 세상으로 간 사람도 많이 섞여 있었다. 이런 광경을 볼 때, 두 소년의 용기는 꺾였다. 그리고, 자기네들도 몇 번을, 이 여행을 중지할까 하였다. 아아 그러나, 그럴 때마다 그들의 눈앞에는 더욱 찬란하고 빛나는 더욱 훌륭한 무지개가 마치 그들을 오라는 듯이 두 팔을 벌리는 것이었다.

여기서 다시금 용기를 얻은 두 소년은, 험한 길을 무지개를 향하여 앞으로 가는 것이었다.

어떤 험한 산골짜기까지 이르러서, 동행하는 소년은 마침내 쓰러졌다.

"아, 난 인젠 더 못 가겠소. 무지개는 도저히 잡지 못할 것임을 이제야 겨우 깨달았소."

동행하던 소년은 이렇게 한숨을 쉬었다.

"정신 차려요. 여기까지 와서 이제 넘어진단 말이 웬 말이오?"

소년은 동행하던 친구를 흔들었다. 그러나, 친구는 움직이지 않았다. 소년은 다시 흔들었다.

"정신 차려요."

아 그러나, 그때는 동행하던 소년은 차디찬 몸으로 변해 버렸다.

소년은 거기서 통곡을 하였다. 그리고, 자기도 그런 야망을 버릴까 말까, 그의 결심은 흔들렸다. 무지개는 도저히 잡지 못할 것인가 하는 의심이 강렬히 일어났다. 그러나, 그때 그의 눈앞에 다시금 찬란히 빛나는 무지개가, 마치 그의 마음 약한 것을 비웃듯이 커다랗게 웃고 있었다.

위태로운 산길, 험한 골짜기, 가파른 멧부리, 깊은 물, 온갖 고난은 또 그를 괴롭혔다. 그러나, 그는 더욱 큰 용기와 희망을 가지고 무지개로 무지개로 가까이 갔다.

그러나, 얼마를 더 가자, 소년도 마침내 이젠 한 걸음도 더 걸을 수가 없게 되었다. 그리고, 그는 거기서, 무지개는 도저히 잡지 못할 것임을 처음으로 깨달았다. 그는 몸을 아무렇게나 땅에 내던졌다. 그리고, 드높은 하늘을 쳐다보았다.

"아아, 무지개란 기어이 사람의 손으로는 잡지 못하는 것인가?"

지금까지 그와 같은 길을 걸은 수많은 소년들이 부르짖은 그 부르짖음을, 이 소년도 여기서 또한 부르짖지 않을 수 없었다. 그리고, 그는 여기서 그 야망을 마침내 단념하기로 결심한 것이었다.

그때에는 이상하게도, 아직껏 검었던 머리가 갑자기 하얗게 되고, 그의 얼굴에는 수없이 많은 주름살이 잡혔다.

광염 소나타

광염 소나타

독자는 이제 내가 쓰려는 이야기를, 유럽의 어떤 곳에서 생긴 일이라고 생각하여도 좋다. 혹은 사오십 년 뒤에 조선을 무대로 생겨날 이야기라고 생각하여도 좋다. 다만, 이 지구상의 어떠한 곳에 이러한 일이 있었는지도 모르겠다, 있는지도 모르겠다, 혹은 있을지도 모르겠다, 가능성만은 있다 —— 이만치 알아 두면 그만이다.

그런지라, 내가 여기 쓰려는 이야기의 주인공 되는 백성수(白性洙)를, 혹은 알버트라 생각하여도 좋을 것이요, 짐이라 생각하여도 좋을 것이요, 또는 호 모(胡某)나 기무라 모(木村某)로 생각하여도 괜찮다. 다만 사람이라는 동물을 주인공 삼아 가지고, 사람의 세상에서 생겨난 일인 줄만 알면…….

이러한 전제로서, 자 그러면 내 이야기를 시작하사.

"기회(찬스)라 하는 것이, 사람을 망하게도 하고 흥하게도 하는 것을 아시오?"

"네, 새삼스러이 연구할 문제도 아닐걸요."

"자, 여기 어떤 상점이 있다 합시다. 그런데 마침 주인도 없고 사환도 없고 온통 비었을 적에 우연히 그 앞을 지나가던 신사가…… 그 신사는 재산도 있고 명망도 있는 점잖은 사람인데…… 그 신사가 빈 상점을 들여다보고 혹은 이렇게 생각할 수도 있지 않아요? 텅 비었으니깐 도적놈이라도 넉넉히 들어갈 게다. 들어가서 훔치면 아무도 모를 테다. 집을 왜 이렇게 비워 둔담……. 이런 생각 끝에 혹은 그…… 그 뭐랄까, 그 돌발적(突發的) 변태 심리로써 조그만 물건 하나(변변치도 않고 욕심도 안 나는)를 집어서 주머니에 넣는 경우가 있을지도 모르지 않겠습니까?"

"글쎄요."

"있습니다, 있어요."

어떤 여름날 저녁이었다. 도회를 떠난 교외 어떤 강변에, 두 노인이 앉아서 이런 이야기를 하고 있었다. 그 기회론을 주장하는 사람은 유명한 음악 비평가 K씨였다. 듣는 사람은 사회 교화자(敎化者) 모씨였다.

"글쎄, 있을까요?"

"있어요…… 좌우간 있다 가정하고, 그러한 경우에 그 책임은 어디 있습니까?"

"동양 속담 말에, 외밭서는 신 끈도 다시 매지 말랬으니, 그 신사가 책임을 질까요?"

"그래 버리면 그뿐이지만, 그 신사는 점잖은 사람으로서, 그런 절대적 기묘한 찬스만 아니더라면 그런 마음은커녕 엄두도 내지 않을 사람이라 생각하면 어찌 됩니까?"

"……."

"말하자면 죄는 '기회'에 있는데 '기회'라는 무형물은 벌을 할 수가 없으니깐, 그 신사를 가해자로 인정할 수밖에는 지금은 없지요."

"그렇습니다."

"또 한 가지…… 사람이 천재라 하는 것도, 경우에 따라서는 어떤 '기회'가 없으면 영구히 안 나타나고 마는 일이 있는데, 그 '기회'란 것이 어떤 사람에게서, 그 사람의 '천재'와 '범죄 본능'을 한꺼번에 끌어내었다면 우리는 그 '기회'를 저주하여야겠습니까, 축복하여야겠습니까?"

"글쎄요."

"선생은 백성수라는 사람을 아시오?"

"백성수? …… 자…… 기억이 없는데요."

"작곡가(作曲家)로서 그……."

"네, 생각납니다. 유명한…… 〈광염 소나타〉의 작가 말씀이지요?"

"네, 그 사람이 지금 어디 있는지 아십니까?"

"모릅니다.…… 뭐 발광했단 말이 있었는데……."

"네, 지금 ○○정신병원에 감금돼 있는데, 그 사람의 일대기를 이야기할 테니 들으시고, 사회 교화자로서의 의견을 말씀해 주십시오."

내가 이제 이야기하려는 백성수의 아버지도, 또한 천분 많은 음악가였습니다. 나와는 동창생이었는데 학생 시절부터 벌써 그의 천분은 넉넉히 볼 수가 있었습니다. 그는 작곡과(作曲科)를 전공하였는데, 때때로 스스로 작곡을 하여서는 밤중에 혼자서 피아노를 두드리곤 하여서, 우리들로 하여금 뜻하지 않게 일어나게 하곤 하였습니다. 그리고 우리는 그 밤중에 울려오는 야성적(野性的) 선율에 몸을 소스라치곤 하였습니다.

그는 야인(野人)이었습니다. 광포스런 야성은, 때때로 비위에 틀리면 선생을 두들기기가 예사이며, 우리 학교 근처의 술집이며 모든 상점 주인들은, 그에게 매깨나 안 얻어맞은 사람이 없었습니다. 그러한 야성은 그의 음악 속에 풍부히 잠겨 있어서, 오히려 그 야성적 힘이 그의 예술을 빛나게 하는 것이었습니다.

그러나 그가 학교를 졸업하고 난 뒤에는 그 야성은 다른 곳으로 발전되고 말았습니다.

술, 술, 무서운 술이었습니다. 아침부터 저녁까지, 저녁부터 아침까지 술잔이 그의 입에서 떠나지를 않았습니다. 그리고 술을 먹고는 여편네들에게 행패를 하고, 경찰서에 구류당하고, 나와서는 또 같은 일을 하고…….

작품? 작품이 다 무엇이외까? 술을 먹은 뒤에 취흥에 겨워 때때로 피아노에 앉아서 즉흥으로 탄주를 하곤 하였는데, 지금 생각하면 그 귀기(鬼氣)가 사람을 엄습하는 힘과 야성(베토벤 이래로 근대 음악가에서 발견할 수 없던), 그건…… 보물이라 하여도 좋을 것이 많았지만, 우리들은 각각 제 길 닦기에 바쁜 사람이라, 주정꾼의 즉흥악을 일일이 베껴 둔다든가 그런 일은 꿈에도 생각하지 않았습니다.

우리들은 그의 장래를 생각하여 때때로 술을 삼가기를 권고하였지만, 그런 야인에게 친구의 권고가 무슨 소용이 있겠습니까.

"술? 술은 음악이다!"

하고는 하하하하 웃어 버리고 다시 술집으로 달아나곤 합디다.

그렇게 칠팔 년이 지난 뒤에 그는 아주 폐인이 되고 말았습니다. 술이 안 들어가면 그의 손은 떨렸습니다. 눈에는 눈곱이 끼었습니다. 그리고 술이 들어가면 —— 술만 들어가면 그는 그 광포성을 발휘하였습니다. 누구를 막론하고 붙잡고는 입에 술을 부어넣어 주었습니다. 그러다가는 장소를 불문하고 아무 데나 누워서 잡디다.

사실 아까운 천재였습니다. 우리들 사이에는 때때로 그의 천분을 생각하고 아깝게 여기는 한숨이 있었지만, 세상에서는 그 장래가 무서운 한 천재가 있었다는 것은 몰랐었습니다.

그러는 동안에 그는 어떤 양가의 처녀를, 어떻게 관계를 맺어서 애까지 뱄습니다. 그러나 그 애의 출생을 보지 못하고, 아깝게도 심장마비로 죽어 버리고 말았습니다.

그 유복자로 세상에 나온 것이 백성수였습니다.

그러나 우리는 백성수가 세상에 출생되었다는 풍문만 들었지, 그 애 아버지가 죽은 뒤부터는 그 애의 소식이며 그 애 어머니의 소식은 일체 몰랐습니다. 아니, 몰랐다는 것보다, 그 집안의 일은 우리의 머리에서 온전히 잊혀져 버리고 말았습니다.

삼십 년이라는 세월이 흘렀습니다.

십 년이면 산천도 변한다 하는데 삼십 년 사이의 변천을 어찌 이루 다 말하겠습니까. 좌우간 그 동안에 나는 내 길을 닦아 놓았습니다. 아시다시피 지금 K라 하면 이 나라에서 첫손가락을 꼽는 음악 비평가가 아닙니까. 건실한 지도적 비평가 K라면, 이 나라 음악계의 권위이며, 이 나의 한 마디는 음악가의 가치를 결정하는 판결문이라 하여도 옳을 만치 되었습니다. 많은 음악가가 내 손 아래서 자랐으며, 많은 음악가가 내 지도로써 이름을 날렸습니다.

재작년 이른봄 어떤 날이었습니다.

그때 나는 조용한 밤중의 몇 시간씩을 ○○예배당에 가서, 명상으로 시간을 보내는 것이 습관이 되어 있었습니다. 언덕 위에 홀로 서 있는 집으로서, 조용한 밤중에 혼자 앉아 있노라면 때때로 들보에서, 놀라서 깬 비둘기 날개 소리와, 간간이 기둥에서 뚝뚝

광 염 소 나 타

하는 소리밖에는 아무 소리도 들리지 않는, 말하자면 나 같은 괴상한 성미를 가진 사람이 아니면 돈을 주면서 들어가래도 들어가지 않을 음침한 집이었습니다. 그러나 나같이 명상을 즐기는 사람에게는, 다른 데서 구하기 힘들도록 온갖 것이 갖추어진 집이었습니다. 외따르고 조용하고 음침하며, 간간이 알지 못할 신비한 소리까지 들리며, 멀리서는 때때로 놀란 듯한 기적(汽笛) 소리도 들리는…… 이것뿐으로도 상당한데, 게다가 이 예배당에는 피아노도 한 대 있었습니다. 예배당에는 오르간은 있을지나 피아노가 있는 곳은 쉽지 않은 것으로서, 무슨 흥이나 날 때에는 피아노에 가서 한 곡조 두드리는 재미도 또한 괜찮았습니다.

그날 밤도(아마 두시는 지났을걸요) 그 예배당에서 혼자 눈을 감고 조용한 맛을 즐기고 있노라는데 갑자기 저편 아래에서 재재하는 소리가 납디다. 그래서 눈을 번쩍 뜨니까 화광이 충천하였는데, 내다보니까 언덕 아래 어떤 집에 불이 붙으며 사람들이 왔다 갔다 야단이었습니다.

이렇게 말하면 어떨지 모르지만, 그다지 멀지 않은 곳에서 불붙는 것을 바라보는 맛도 괜찮은 것이었습니다. 일어나는 불길이며 퍼져 나가는 연기, 불씨의 날아가는 양, 그 가운데 거뭇거뭇 보이는 기둥, 집의 송장, 재재거리는 사람의 무리, 이런 것은 어떻게 생각하면 과연 시도 될지며 음악도 될 것이었습니다. 옛날에 '네로'가 불붙는 것을 바라보면서 자기는 비파를 뜯고 노래를 하였다는 것도 음악가의 견지로 보면 그다지 나무랄 것이 아니었습니다.

나도 그때에 그 불을 보고 차차 흥이 났습니다.

'네로를 본받아서 나도 즉흥으로 한 곡조 두드려 볼까?'

어렴풋이 이런 생각을 하며, 나는 그 불을 정신없이 바라보고 있었습니다.

그때였습니다. 갑자기 덜컥덜컥하는 소리가 들리더니 예배당 문이 열리며, 웬 젊은 사람이 하나 낭패한 듯이 뛰어들어왔습니다. 그리고 무엇에 놀란 사람같이 두리번두리번 사면을 살피더니, 그래도 내가 있는 것은 못 보았는지, 저편에 있는 창 안에 가서 숨어 서서, 아래서 붙는 불을 내려다봅디다.

나는 꼼짝을 못하였습니다. 좌우간 심상스런 사람은 아니요, 방화범이나 도적으로밖에는 인정할 수 없지 않겠습니까? 그래서 꼼짝을 못하고 서 있노라니까 그 사람은 한참 정신없이 서 있다가 한숨을 쉽디다. 그리고 맥없이 두 팔을 늘어뜨리고 도로 나가려고 발을 떼려다가, 자기 곁에 피아노가 놓인 것을 보더니, 교의(交椅)를 끌어다 놓고 그 앞에 주저앉고 말겠지요. 나도 거기서는 그만 직업적 흥미에 끌렸습니다. 그래서 무엇을 하나 보자 하고 있노라니까, 뚜껑을 열더니 한 번 뚱 하고 시험을 해 보아요. 그리고 조금 있더니 다시 뚱뚱 하고 시험을 해 보겠지요.

이때부터 그의 숨소리가 차차 높아 가기 시작했습니다. 씩씩거리며 몹시 흥분된 사람같이 몸을 떨다가, 벼락같이 양손을 '키' 위에 가져다가 덮었습니다. 그 다음 순간 C#단음계(短音階)의

83

알레그로가 시작되었습니다.

처음에는 다만 흥미로써 그의 모양을 엿보고 있던 나는, 그 알레그로가 울려 나오는 순간 마음이 끝까지 긴장되고 흥분되었습니다.

그것은 순전한 야성적 음향이었습니다. 음악이라 하기에는 너무 힘있고 무기교(無技巧)였습니다. 그러나 음악이 아니라기엔 거기에는 너무 괴롭고도 무겁고 힘있는 '감정'이 들어 있었습니다. 그것은 마치 야반의 종소리와도 같이 사람의 마음을 무겁고 음침하게 하는 음향인 동시에, 맹수의 부르짖음과 같이 사람으로 하여금 소름 돋치게 하는 무서운 감정의 발현이었습니다. 아아, 그 야성적 힘과 남성적 부르짖음, 그 아래 감추어져 있는 침통한 주림과 아픔, 순박하고도 아무 기교가 없는 그 표현!

나는 덜썩 그 자리에 주저앉고 말았습니다. 그리고 음악가의 본능으로 뜻하지 않고 주머니에서 오선지(五線紙)와 연필을 꺼내었습니다. 피아노의 울려 나가는 소리에 따라서 나의 연필은 오선지 위에서 뛰놀았습니다. 등불도 없는지라 손짐작으로.

……좀 급속도로 시작된 빈곤, 거기 연하여 주림, 꺼져 가는 불꽃과 같은 목숨, 그러한 것을 지나서 한참 연속되는 완서조(緩徐調)의 압축된 감정, 갑자기 튀어져 나오는 광포(狂暴). 거기 연한 쾌미(快味), 홍소(哄笑)……. 이리하여 주화조(主和調)로서 탄주는 끝이 났습니다. 더구나 그 속에 나타나 있는 압축된 감정이며 주림, 또는 맹렬한 불길 등이 사람의 마음에 주는 그 처참함이며

광포성은, 나로 하여금 아직 '문명'이라 하는 것의 은택에 목욕하여 보지 못한 야인(野人)을 연상케 하였습니다.

탄주가 다 끝이 난 뒤에도 나는 정신을 못 차리고 망연히 앉아 있었습니다. 물론 조금이라도 음악적 소양이 있는 사람일 것 같으면 이제 그 소나타를, 음악에 대하여 정통(正統)으로 아무러한 수양도 받지 못한 사람이, 다만 자기의 천재적 즉흥뿐으로 탄주한 것임을 알 것입니다. 해결도 없이, 감칠도화현(減七度和絃)이며 증육도화현(增六度和絃)을 범벅으로 섞어 놓았으며, 금칙(禁則)인 병행오팔도(竝行五八度)까지 집어넣은 것으로서, 더구나 스케르초는 온전히 뽑아 먹은, 대담하다면 대담하고 무식하다면 무식하달 수도 있는 자유 방분한 소나타였습니다.

이때 문득 내 머리에 떠오른 것은, 삼십 년 전에 심장마비로 죽은 백○○였습니다. 그의 음악으로서, 만약 정통적 훈련만 뽑고 거기다가 야성을 더 집어넣으면 지금 내 눈앞에 있는 그 음악가의 것과 같은 것이 될 것이었습니다. 귀기가 사람을 엄습하는 듯한 그 힘과 방분스러운 표현과 야성…… 이것은 근대 음악가에게 구하기 힘든 보물이었습니다.

그 소나타에 취하여 한참 정신이 어리둥절해 앉았던 나는, 고즈넉이 일어서서 그 피아노 앞에 가서 그의 어깨에 가만히 손을 얹었습니다. 한 곡조를 타고 나서 아주 곤한 듯이 정신없이 앉아 있던 그는 펄떡 놀라 일어서서 내 얼굴을 보았습니다.

"자네 몇 살 났나?"

나는 그에게 이렇게 첫말을 물었습니다. 가슴이 답답한 나로서
는 이런 말밖에는 갑자기 다른 말이 생각 안 났습니다. 그는 높은
창에서 들어오는 달빛을 받고 있는 내 얼굴을 한순간 쳐다보고
머리를 돌이키고 말았습니다.

"배고프나?"

나는 두 번째 그에게 물었습니다.

그는 시끄러운 듯이 벌떡 일어섰습니다. 그리고 달빛에 비친 내
얼굴을 정면으로 바라보다가,

"아, K선생님 아니세요?"

하면서 나를 붙들었습니다. 그래서 그렇노라고 하니깐,

"사진으로는 늘 뵈었습니다마는……."

하면서 다시 맥없이 나를 놓으며 머리를 돌렸습니다.

그 순간, 그가 머리를 돌이키려는 순간, 달빛에 얼핏 나는 그의
얼굴을 처음으로 보았습니다. 그리고 나는 거기서 뜻밖에, 삼십
년 전에 죽은 벗 백○○의 모습을 발견하였습니다.

"아, 자네 이름이 뭔가?"

"백성수……."

"백성수? 그 백○○의 아들이 아닌가. 삼십 년 전에 자네가 나
오기 전에 세상 떠난……."

그는 머리를 번쩍 들었습니다.

"네? 선생님 어떻게 아세요?"

"백○○의 아들인가? 같이두 생겼다. 내가 자네 어르신네와 동

창이네. 아아…… 역시 그 애비의 아들이다."

그는 한숨을 길게 쉬며 머리를 숙여 버렸습니다.

나는 그날 밤 그 백성수를 데리고 집으로 돌아왔습니다. 그리고 비록 작곡상 온갖 법칙에는 어그러진다 하나, 그만치 힘과 정열과 열성으로 찬 소나타를 거저 버리기가 아까워서 다시 한 번 피아노에 올라앉기를 명하였습니다. 아까 예배당에서 내가 베낀 것은 알레그로가 거의 끝난 곳부터였으므로 그전 것을 베끼기 위해서였습니다.

그는 피아노를 향하여 앉아서 머리를 기울였습니다. 몇 번 손으로 '키'를 두드려 보다가는 다시 머리를 기울이고 생각하곤 하였습니다. 그러나 다섯 번, 여섯 번을 다시 하여 보았으나 아무 효과도 없었습니다. 피아노에서 울려오는 음향은, 규칙 없고 되지 않는 한낱 소음(騷音)에 지나지 못하였습니다. 야성? 힘? 귀기? 그런 것은 없었습니다. 감정의 재뿐이었습니다.

"선생님, 잘 안 됩니다."

그는 부끄러운 듯이 연하여 고개를 기울이며 이렇게 말하였습니다.

"두 시간도 못 돼서 벌써 잊어버린담?"

나는 그를 밀어 놓고 내가 대신하여 피아노 앞에 앉아서, 아까 베낀 그 음보를 펴 놓았습니다. 그리고 내가 베낀 곳부터 타기 시작하였습니다.

화염(火炎)! 화염! 빈곤, 주림, 야성적 힘, 기괴한 감금당한 감정! 음보를 보면서 타던 나는 스스로 흥분이 되었습니다. 미상불 그때 내 눈은 미친 사람같이 번득였으며, 얼굴은 흥분으로 새빨갛게 되었을 것이었습니다.

즉, 그때 그가 갑자기 달려들더니 나를 떠밀쳐 버렸습니다. 그리고 자기가 대신하여 앉았습니다.

의자에서 떨어진 나는 그 자리에 앉은 대로 그의 하는 양을 쳐다보았습니다. 그는 나를 밀쳐 버린 다음에 그 음보를 들고서 읽기 시작하였습니다. 아아 그의 얼굴! 그의 숨소리가 차차 높아지면서 눈은 미친 사람과 같이 빛을 내기 시작하였습니다. 그러더니 그 음보를 홱 내던지며 문득 벼락같이 그의 두 손은 피아노 위에 덧엎혔습니다.

C#단음계의 광포스런 '소나타' 는 다시 시작되었습니다. 폭풍우같이, 또는 무서운 물결같이 사람으로 하여금 숨막히게 하는 그 힘…… 그것은 베토벤 이래로 근대 음악가에서 보지 못하던 광포스런 야성이었습니다.

무섭고도 참담스런 주림, 빈곤, 압축된 감정, 거기서 튀어져 나온 맹염(猛炎), 공포, 홍소……. 아아, 나는 너무 숨이 답답하여, 뜻하지 않게 두 손을 홱 내저었습니다.

그날 밤이 새도록, 그는 흥분이 되어서 자기의 과거를 일일이 다 이야기하였습니다. 그 이야기에 의지하면 대략 그의 경력이 이러하였습니다.

그의 어머니는 그를 밴 뒤에 곧 자기의 친정에서 쫓겨나왔습니다.

그때부터 그의 가난함은 시작되었습니다.

그러나 교양이 있고 어진 그의 어머니는 품팔이를 할지언정 성수를 곱게 길렀습니다. 변변치는 않으나마 오르간 하나를 준비하여 두고, 그가 잠자려 할 때에는 슈베르트의 〈자장가〉로써 그의 잠을 도왔으며, 아침에 깰 때는 하루 종일을 유쾌히 지내게 하기 위하여, 도랜드의 〈세컨드 왈츠〉로써 그의 원기를 돋우었습니다.

그는 세 살 났을 적에 어머니의 품속에 안겨서 오르간을 장난하여 보았습니다. 이 오르간 장난하는 것을 본 어머니는 근근이 돈을 모아서 그가 여섯 살 나는 해에 피아노를 하나 샀습니다.

아침에는 새소리, 바람에 버석거리는 포플러잎, 어머니의 사랑, 부엌에서 국 끓는 소리, 이러한 모든 것이 이 소년에게는 신비스럽고도 다정스러워, 그는 피아노에 향하여 앉아서 생각나는 대로 키를 두드리곤 하였습니다.

이러한 가운데 고이 소학과 중학도 마쳤습니다. 그러는 동안 음악에 대한 동경은 그의 가슴에 터질 듯이 쌓였습니다.

중학을 졸업한 뒤에는 이젠 어머니를 위하여, 그는 학업을 중지하지 않을 수가 없었습니다. 그는 어떤 공장의 직공이 되었습니다. 그러나 어진 어머니의 교육 아래서 길러난 그는, 비록 직공은 되었다 하나 아주 온량한 사람이었습니다.

그리고 음악에 대한 집착은 조금도 줄지 않았습니다. 비록 돈이 없어서 정식으로 음악 교육은 못 받을망정, 거리에서 손님을 끄느라고 틀어 놓은 유성기 앞이며, 또는 일요일날 예배당에서 찬양대의 노래에 젊은 가슴을 뛰놀리던 그였습니다. 집에서는 피아노 앞을 떠나 본 일이 없었습니다.

때때로 비상한 감흥으로 오선지를 내놓고, 음보를 그려 본 적도 한두 번이 아니었습니다. 그러나 이상한 것은, 그만치 뛰놀던 열정과 터질 듯한 감격도 음보로 그려 놓으면 아무 긴장도 없는 싱거운 음계가 되어 버리곤 하였습니다. 왜? 그만치 천분이 있고 그만치 열정이 있던 그에게서 왜 그런 재와 같은 음악만 나왔느냐고 물으실 테지요. 거기 대하여서는 이따가 설명하리다.

감격과 불만, 열정과 재, ……비상한 흥분과 그 흥분에 반비례되는 시원치 않은 결과, 이러한 불만의 십 년이 지났습니다.

그의 어머니는 문득 몹쓸 병에 걸렸습니다.

자양과 약값, 그가 몇 해를 근근이 모았던 돈은 차차 줄기 시작하였습니다. 조금이라도 안락한 생활이 되기만 하면, 정식으로 음악에 대한 교육을 받으려고 모아 두었던 저금은, 그의 어머니의 병에 다 들어갔습니다. 그러나 그의 어머니의 병은 차도가 보이질 않았습니다.

그리하여 그와 내가 그 예배당에서 만나기 전해 여름 어떤 날 그의 어머니는 도저히 회복할 가망이 없는 중태에까지 빠지게 되었습니다. 그러나 그때는 벌써 그에게는 논이라고는 다 떨어진 때였습니다.

그날 아침, 그는 위독한 어머니를 버려 두고 역시 공장에 갔습니다. 그러나 아무리 하여도 마음이 놓이질 않아서, 일을 중도에 그만두고 집으로 돌아왔습니다. 그때 어머니는 벌써 혼수 상태에 빠져 있었습니다. 가슴이 덜컥 내려앉은 그는 황급히 다시 뛰어나갔습니다. 그러나 어디로? 무얼 하러? 뜻없이 뛰어나와서 한참 달음박질하다가, 그는 문득 정신을 차리고 의사라도 청할 양으로 히끈 돌아섰습니다.

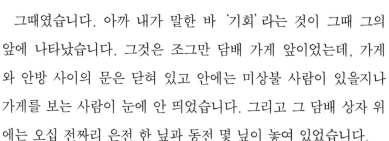

그때였습니다. 아까 내가 말한 바 '기회'라는 것이 그때 그의 앞에 나타났습니다. 그것은 조그만 담배 가게 앞이었는데, 가게와 안방 사이의 문은 닫혀 있고 안에는 미상불 사람이 있을지나 가게를 보는 사람이 눈에 안 띄었습니다. 그리고 그 담배 상자 위에는 오십 전짜리 은전 한 닢과 동전 몇 닢이 놓여 있었습니다.

그는 자기로서도 무엇을 하는지 몰랐습니다. 의사를 청하여 오려면 다만 몇십 전이라도 돈이 있어야겠단 어렴풋한 생각만 가지고 있던 그는, 한 번 사면을 살핀 뒤에 벼락같이 그 돈을 쥐고 달아났습니다.

그러나 그는 이십 칸도 뛰지 못하여 따라오는 그 집 사람에게 붙들렸습니다.

그는 몇 번을 사정하였습니다. 마지막에는 자기의 어머니가 명재경각(命在頃刻)이니, 한 시간만 놓아주면 의사를 어머니에게 보내고 다시 오마고까지 하여 보았습니다. 그러나 그런 말은 모두 헛소리로 돌아가고, 그는 마침내 경찰서로 가게 되었습니다.

경찰서에서 재판소로, 재판소에서 감옥으로 이러한 여섯 달 동안에 그는 이를 갈면서 분해하였습니다. 자기 어머니의 운명이 어찌 되었나, 그는 손과 발을 동동 구르면서 안타까워했습니다. 만약 세상을 떠났다 하면, 떠나는 순간에 얼마나 자기를 찾았겠습니까. 임종에도 물 한 잔 떠넣어 줄 사람이 없는 어머니였습니다. 애타하는 그 모양, 목말라하는 그 모양을 생각하고는, 그 어머니에게 지지 않게 자기도 애타고 목말라했습니다.

반년 뒤에 겨우 광명한 세상에 나와서 자기의 오막살이를 찾아가매, 거기는 벌써 다른 사람이 들어 있었으며, 어머니는 반년 전에 아들을 찾으며 길에까지 기어나와서 죽었다 합니다.

공동묘지를 가 보았으나 분묘조차 발견할 수가 없었습니다.

이리하여 갈 곳이 없어 헤매던 그는, 그날도 역시 갈 곳을 찾으러 헤매다가 그 예배당(나하고 만난)까지 뛰쳐들어온 것이었습니다.

여기까지 이야기해 오던 K씨는 문득 말을 끊었다. 그리고 마도로스 파이프를 꺼내어 담배를 피워 가지고 빨면서 모씨에게 향하였다.

"선생은 이제 내가 이야기한 가운데 모순된 점을 발견 못하셨습니까?"

"글쎄요."

"그럼 내가 대신 물으리다. 백성수는 그만치 천분이 많은 음악가였는데, 왜 그 〈광염 소나타〉(그날 밤의 그 소나타를 〈광염 소나타〉라고 그랬습니다)를 짓기 전에는 그만치 흥분되고 긴장됐다가도 일단 음보로 만들어 놓으면 아주 힘없는 것이 되어 버리곤 했겠습니까?"

"그거야 미상불 그때의 흥분이 〈광염 소나타〉를 지을 때의 흥분만 못한 연고겠지요."

"그렇게 해석하세요? 듣고 보니 그것도 한 해석이 되기는 합니다. 그러나 나는 그렇게 해석 안하는데요."

"그럼 K씨는 어떻게 해석하십니까?"

"나는…… 아니, 내 해석을 말하는 것보다, 그 백성수한테서 내게로 온 편지가 한 통 있는데, 그것을 보여 드리리다. 선생은 오늘 바쁘지 않으세요?"

"일은 없습니다."

"그러면 우리 집까지 잠깐 같이 가 보실까요?"

"가지요."

두 노인은 일어섰다.

도회와 교외의 경계에 딸린 K씨의 집에까지 두 노인이 이른 때는 오후 네덧시쯤이었다.

두 노인은 K씨의 서재에 마주 앉았다.

"이것이 이삼 일 전에 백성수한테서 내게로 온 편지인데, 읽어 보세요."

K씨는 서랍에서 커다란 편지 뭉치를 꺼내어, 모씨에게 주었다. 모씨는 받아서 폈다.

"가만, 여기서부터 보세요, 그전에는 쓸데없는 인사이니까."

(전략) 그리하여 그날도 또한 이제 밤을 지낼 집을 구하노라고 돌아다니던 저는, 우연히 그 집(제가 전에 돈 오십여 전을 훔친 집) 앞에까지 이르렀습니다. 깊은 밤 사면은 고요한데 그 집 앞에서 잘 곳을 구하노라고 헤매던 저는, 문득 마음속에 무서운 복수의 생각이 일어났습니다. 이 집만 아니었다면, 이 집 주인이 조금만 인정이라는 것을 알았더라면, 저는 그 불쌍한 제 어머니가 길에까지 기어나와서 세상을 떠나게 하지는 않았을 것입니다. 분묘가 어디인지조차 알지 못하여, 꽃 한 번 가져다가 꽂아 보지 못한 이러한 불효도 이 집 때문이외다. 이러한 생각에 참지를 못하여, 그 집 앞에 가려 있던 볏짚에다가 불을 놓았습니다. 그리고 거기 서서 불이 집으로 옮아가는 것을 다 본 뒤에 갑자기 무서운 생각이 나서 달아났습니다.

좀 달아나다 보매, 아래서는 벌써 사람이 꾀어들기 시작한 모양인데, 이때 저의 머리에 타오르는 생각은 통쾌하다는 생각과 달아나려는 생각뿐이었습니다. 그리하여 저는 몸을 숨기기 위하여, 앞에 보이는 예배당으로 뛰어들어갔습니다.

거기서 불이 다 타도록 구경을 한 뒤에 나오려다가 피아노를 보고…….

"이보세요."

K씨는 편지를 보는 모씨를 찾았다.

"비상한 열정과 감격은 있어두, 그것이 그대로 표현 안 된 것이 그것 때문이었습니다. 즉 성수의 어머니는 몹시 어진 사람으로서, 어렸을 때부터 성수의 교육에 힘을 들여서 착한 사람이 되도록, 착한 사람이 되도록 그렇게 길렀습니다그려. 그 어진 교육 때문에 그가 하늘에서 타고난 광포성과 야성이 표면상에 나타나지를 못하였습니다. 그 타오르는 야성적 열정과 힘이 음보로 그려 놓으면 아주 힘없는, 말하자면 김빠진 술같이 되곤 하는 것이 모두 그 때문이었습니다그려. 점잖고 어진 교훈이 그의 천분을 못 발휘하게 한 셈이지요."

"흠!"

"그것이, 그 사람…… 성수가, 감옥 생활을 한 동안에 한 번 씻기우기는 하였으나, 그러나 사람의 교양이라 하는 것은 온전히 씻지는 못하는 것이외다. 그러다가, 그 '원수'의 집 앞에서 갑자기, 말하자면 돌발적으로 야성과 광포성이 나타나서 불을 놓고 예배당 안에 숨어 서서 그 야성적 광포적 쾌미를 한껏 즐긴 다음에 그에게서 폭발하여 나온 것이 그 〈광염 소나타〉였구려. 일어서는 불길, 사람의 비명, 온갖 것을 무시하고 퍼져 나가는 불의 세력…… 이런 것은 사실 야성적 쾌미 가운데 으뜸이 되는 것이니깐요."

"……"

"아셨습니까? 그러면 그 다음에 그 편지의 여기부터 또 보세요."

(중략) 저는, 그날의 일이 아직 눈앞에 어리는 듯하외다. 선생님이 저를 세상에 소개하시기 위하여, 늙으신 몸이 몸소 피아노에 앉으셔서, 초대한 여러 음악가들 앞에서 제 〈광염 소나타〉를 탄주하시던 그 광경은, 지금 생각하여도 제 눈에서 눈물이 나오려 합니다. 그때 그 손님 가운데 부인 손님 두 분이 기절을 한 것은 결코 〈광염 소나타〉의 힘뿐이 아니고, 선생님의 그 탄주의 힘이 많이 섞인 것을 뉘라서 부인하겠습니까. 그 뒤 여러 사람 앞에 저를 내세우고, "이 사람이 〈광염 소나타〉의 작자이며, 삼십 년 전에 우리를 버려 두고 혼자 간 일대의 귀재 백○○의 아들이외다."라고 소개를 하여 주신 그때의 그 감격을 제 일생에 어찌 잊사오리까.

그 뒤에 선생님께서 저를 위하여 꾸며 주신 방도, 또한 제 마음에 가장 맞는 방이었습니다. 널따란 북향 방에, 동남쪽 귀에 든든한 참나무 침대가 하나, 서북쪽 귀에 아무 장식 없는 참나무 책상과 의자, 피아노가 하나씩, 그 밖에는 방 안에 장식이라고는 서남쪽 벽에 커다란 거울이 하나 있을 뿐, 덩더렇게 넓은 방은 사실 밤에 전등 아래 앉아 있노라면 저절로 소름이 끼치도록 무시무시한 방이었습니다. 게다가 방 안은 모두 검은 칠을 하고, 창 밖에는 늙은 왜나무 고목이 한 그루 서 있는 것도 과연 귀기가 돌았습니다. 이러한 가운데서 선생님은 저로 하여금 방분스러운 음악을 낳도록 애써 주셨습니다.

저도 그런 환경 아래서 좋은 음악을 낳아 보려고 얼마나 애를 썼겠습니까. 어떤 날 선생님께 작곡에 대한 계통적 훈련을 원할 때 선생님은 이렇게 대답하셨습니다.

"자네에게는 그러한 교육이 필요 없어. 마음대로 나오는 대로 하게. 자네 같은 사람에게 계통적 훈련이 들어가면 자네의 음악은 기계화돼 버리고 말아. 마음대로 온갖 규칙과 규범을 무시하고 가슴에서 터져 나오는 대로……."

저는 이 말씀의 뜻을 똑똑히는 몰랐습니다. 그러나 대략한 의미뿐은 통하였습니다. 그리하여 저는 마음대로, 한껏 자유스러운 음악의 경지를 개척하려 하였습니다.

그러는 그 동안에 제가 산출한 음악은 모두 이상히도 저의 이전(제 어머니가 아직 살아 계실 때)의 것과 마찬가지로, 아무러한 힘도 없는 음향의 유희에 지나지 못하였습니다.

제가 얼마나 초조하였겠습니까. 때때로 선생님께서 채근 비슷이 하시는 말씀은 저로 하여금 더욱 초조하게 하였습니다. 그리고 마음이 초조하면 초조할수록, 제게서 생겨나는 음악은 더욱 나약한 것이 되었습니다.

저는 때때로 그 불붙던 광경을 생각하여 보았습니다. 그리고 그때의 통쾌하던 감정을 되풀이하여 보려 하였습니다. 그러나 그것 역시 실패로 돌아갔습니다.

때때로 비상한 열정으로 음보를 그려 놓은 뒤에, 몇 시간이 지나서 다시 한 번 읽어 보면, 거기에는 아무 힘이 없는 개념만 있곤 하였습니다.

저의 마음은 차차 무거워지기 시작하였습니다. 그리고 큰 기대를 가지고 계신 선생님께도 미안하기 짝이 없었습니다.

"음악은 공예품과 달라서, 마음대로 만들고 싶은 때에 되는 것이 아니니, 마음놓고 천천히 감흥이 생긴 때에……."

이러한 선생님의 위로의 말씀 듣기가 제 살을 깎아 내는 듯하였습니다. 그러나 제 마음성은, 이제는 제게서 다시 힘있는 음악이 나올 기회가 없는 것같이만 생각되었습니다.

이러한 동안에 무위(無爲)의 몇 달이 지났습니다.

어떤 날 밤중, 가슴이 너무 무겁고 가슴속에 무엇이 가득한 것 같이 거북하여서, 저는 산보를 나섰습니다. 무거운 머리와 무거운 가슴과 무거운 다리를 지향 없이 옮기면서 돌아다니다가, 저는 어떤 곳에서 커다란 볏짚 낟가리를 발견하였습니다.

이때의 제 심리를 어떻게 형용하면 좋을지 저는 모르겠습니다. 저는 무슨 무서운 적을 만난 것같이 긴장되고 흥분되었습니다. 저는 사면을 한 번 살펴보고 그 낟가리에 달려가서 불을 그어 놓았습니다. 그리고 갑자기 무서움증이 생겨 돌아서서 달아나다가, 멀찌막이 까지 달아나서 돌아보니까, 불길은 벌써 하늘을 찌를 듯이 일어났습니다. 왁왁, 꺄, 꺄, 사람들의 부르짖는 소리도 들렸습니다.

저는 다시 그곳까지 가서, 그 무서운 불길에 날아 올라가는 볏 짚이며, 그 낟가리에 연달아 있는 집을 헐어 내는 광경을 구경하다가 문득 흥분되어서 집으로 돌아왔습니다.

그날 밤에 된 것이 〈성난 파도〉였습니다.

그 뒤에 이 도회에서 일어난 알지 못할 몇 가지의 불은 모두 제가 질러 놓은 것이었습니다. 그리고 불이 있던 날 밤마다 저는 한 가지의 음악을 얻었습니다. 며칠을 연하여 가슴이 몹시 무겁다가 그것이 마침내 식체(食滯)와 같이 거북하고 답답하게 되는 때는, 저는 뜻없이 거리를 나갑니다. 그리고 그러한 날은 한 가지의 방화 사건이 생겨나며, 그날 밤에는 한 곡의 음악이 생겨났습니다.

광염 소나타

그러나 그것도 번수가 차차 많아 갈 동안, 저의 그 불에 대한 흥분은 반비례로 줄어졌습니다. 온갖 것을 용서하지 않는 불꽃의 잔혹함도 그다지 제 마음을 긴장시키지 못하였습니다.

"차차, 힘이 적어져 가네."

선생님께서 제 음악을 보시고 이렇게 말씀하신 것이 그러한 때였습니다.

그러나, 저는 게서 더할 도리가 없었습니다. 하는 수 없이 저는 한동안 음악을 온전히 잊어버린 듯이 내버려두었습니다.

모씨가 성수의 편지를 여기까지 읽었을 때, K씨가 찾았다.

"재작년 봄과 가을에 걸쳐서, 원인 모를 불이 많지 않았습니까. 그것이 죄 성수의 장난이었습니다그려."

"K씨는 그것을 온전히 모르셨습니까?"

"나요? 몰랐지요. 그런데…… 그 어떤 날 밤이구려. 성수는 기대에 반해서, 우리 집으로 온 지 여러 달이 됐지만, 한 번도 힘있는 것을 지어 본 일이 없겠지요. 그래서 저 사람에게 무슨 흥분될 재료를 줄 수가 없나 하고 혼자 생각하며 있더랬는데, 그때에 저편……."

K씨는 손을 들어 남편 쪽 창을 가리켰다.

"저편 꽤 멀리서, 불붙는 것이 눈에 뜨입디다그려. 그래 저것을 성수에게 보이면, 혹 그때의 감정(그때, 나는 그 담배장수네 집에 불이 일어난 것도 성수의 장난인 줄은 생각 안했구려)을 부활시킬지도 모르겠다, 이렇게 생각하고 성수의 방으로 올라가려는데, 문득 성수의 방에서 피아노 소리가 울려 나옵디다그려. 나는 올라가려던 발을 부지중 멈추고 말았지요. 역시 C#단음계로서, 제일곡은 뽑아 먹고 '아다지오'에서 시작되는데, 고요하고 잔잔한 바다, 수평선 위로 넘어가려는 저녁해, 이러한 온화한 것이 차차 '스케르초'로 들어가서는 소낙비, 풍랑, 번개질, 무서운 바람소리, 우레질, 전복되는 배, 곤해서 물에 떨어지는 갈매기, 한 번 뒤집어지면서는 해일에 쓸려 나가는 동네 사람의 부르짖음 —— 흥분에서 흥분, 광포에서 광포, 야성에서 야성, 온갖 공포와 포악한 광경이 눈앞에 어릿거리는데, 이 늙은 내가 그만 흥분에 못 견디어, 뜻하지 않고 '그만두어 달라'고 고함친 것만으로도 짐작하시겠지요. 그리고 올라가서 보니까, 그는 탄주를 끝내 버리고 피곤한 듯이 피아노에 기대어 앉아 있고, 이제 탄주한 것은 벌써 〈성난 파도〉라는 제목 아래 음보로 되어 있습디다."

"그러면 성수는 불을 두 번 놓고, 두 음악을 낳았다는 말씀이지요?"

"그렇지요. 그리고 그 뒤부터는 한 십여 일 건너서는 하나씩 지었는데, 그것이 지금 보면 한 가지의 방화 사건이 생길 때마다 생겨난 것이었습니다. 그러나 그의 편지말따나, 얼마 지나서부터는 차차 그 힘과 야성이 적어지기 시작했지요. 그래서……."

"가만 계십쇼. 그 사람이 다음에도 〈피의 선율〉이나 그 밖에 유명한 곡조를 여러 개 만들지 않았습니까?"

"글쎄 말이외다. 거기 대한 설명은, 그 편지를 또 보십쇼…… 여기서부터 또 보시면 알리다."

(중략) ○○다리 아래로부터 나오려는데, 무엇인가 발길에 채이는 것이 있었습니다. 성냥을 그어 가지고 보니깐, 그것은 웬 늙은이의 송장이었습니다. 저는 그것이 무서워서 달아나려다가, 돌아서려던 발을 다시 돌이켰습니다. 그리고…….

선생님은 이제 제가 쓰는 일을 이해하여 주실는지요. 그것은 너무도 기괴한 일이라, 저로서도 믿겨지지 않는 일이었습니다. 저는 그 송장을 타고 앉았습니다. 그리고 그 송장의 옷을 모두 찢어서 사면으로 내던진 뒤에 그 발가벗은 송장을, 제 힘이라 생각되지 않는 무서운 힘으로써 쳐들어서, 저편으로 내던졌습니다. 그런 뒤에는 마치 고양이가 알을 가지고 놀 듯, 다시 뛰어가서 그 송장을 들어서 도루 이편으로 던졌습니다. 이렇게 몇 번을 하여 머리가 깨지고 배가 터지고…… 그 송장은 보기에도 참혹스럽게 되었습니다. 그리하여 그 송장을 다시 만질 곳이 없이 된 뒤에 저는 그만 곤하여 그 자리에 앉아서 쉬려다가 갑자기 마음이 긴장되고 흥분되어서, 집으로 달려왔습니다. 그날 밤에 된 것이 〈피의 선율〉이었습니다.

"선생은 이러한 심리를 아시겠습니까?"

"글쎄요."

"아마, 모르실걸요. 그러나 예술가로서는 능히 머리를 끄덕일 수 있는 심리외다…… 그리고 또 여기를 읽어 보십시오."

(중략) 그 여자가 죽었다는 것은, 제게는 너무도 뜻밖이었습니다.

저는, 그날 밤 혼자 몰래 그 여자의 무덤을 찾아갔습니다. 그리고 칠팔 시간 전에 묻어 놓은 그의 무덤의 흙을 다시 파서 시체를 꺼내어 놓았습니다.

푸르른 달빛 아래 누워 있는 아름다운 그의 모양은 과연 선녀와 같았습니다. 가볍게 눈을 닫고 있는 창백한 얼굴, 곧은 콧날, 풀어헤친 검은 머리…… 아무 표정도 없는 고요한 얼굴은 더욱 처연함을 도왔습니다. 이것을 정신없이 들여다보고 있다가, 저는 갑자기 흥분이 되어…… 아아 선생님, 저는 이 아래를 쓸 용기가 없습니다. 재판소의 조서를 보시면, 저절로 아실 것이올시다. 그 날 밤에 된 것이 〈사령(死靈)〉이었습니다.

"어떻습니까?"

"……."

"네?"

"……."

"언어 도단이에요? 선생의 눈으로는 그렇게 뵈시리다. 또 여기를 읽어 보십쇼."

(중략) 이리하여 저는 마침내 사람을 죽인다 하는 경우에까지 이르렀습니다.

그리고 한 사람이 죽을 때마다, 한 개의 음악이 생겨났습니다. 그 뒤부터 제가 지은 그 모든 것은, 모두가 한 사람씩의 생명을 대표하는 것이었습니다. (하략)

"이젠 더 보실 것이 없습니다. 그런데 그만큼 보셨으면 성수에 대한 대략한 일은 아셨을 터인데, 거기에 대한 의견이 어떻습니까?"

"……."

"네?"

"어떤 의견 말씀이오니까?"

"어떤 '기회'라는 것이 어떤 사람에게서, 그 사람이 가지고 있는 천재와 함께 범죄 본능까지 끌어내었다 하면, 우리는 그 '기회'를 저주해야겠습니까, 혹은 축복하여야겠습니까? 이 성수의 일로 말하자면 방화, 사체 모욕, 시간(屍姦), 살인, 온갖 죄를 다 범했어요. 우리 예술가협회에서 별수단을 다 써서 정부에 탄원하고 재판소에 탄원하고 해서, 겨우 성수를 정신병자라 하는 명목 아래 정신병원에 감금했지, 그렇지 않으면 당장에 사형이 아닙니까. 그런데 이제 그 편지를 보셔도 짐작하시겠지만, 통상시에는 그 사람은 아주 명민하고 점잖고 온화한 청년입니다. 그러나 때때로 그…… 뭐랄까, 그 흥분 때문에 눈이 아득하여져서 무서운 죄를 범하고, 그 죄를 범한 다음에는 훌륭한 예술을 하나씩 산출합니다. 이런 경우에 우리는 범죄를 밉게 보아야 합니까, 혹은 범죄 때문에 생겨난 예술을 보아서 죄를 용서하여야 합니까?"

"그거야, 죄를 범치 않고 예술을 만들어 냈으면 더 좋지 않습니까?"

"물론이지요. 그러나 성수 같은 사람도 있는 것이니깐, 이런 경우엔 어떻게 해결하렵니까?"

"죄를 벌해야지요. 죄악이 성하는 것을 그냥 볼 수는 없습니다."

K씨는 머리를 끄덕였다.

"그렇겠습니다. 그러나, 우리 예술가의 견지로는 또 이렇게 볼 수도 있습니다. 베토벤 이후로는 음악이라 하는 것이 차차 힘이 빠져 가서, 꽃이나 계집이나 찬미할 줄 알고 연애나 칭송할 줄 알아서, 선이 굵은 것은 볼 수가 없이 되었습니다. 게다가 엄정한 작곡법이 있어서, 그것은 마치 수학 방정식과 같이 작곡에 대한 온갖 자유스런 경지를 제한해 놓았으니깐, 이후에 생겨나는 음악은 새로운 길을 개척하기 전에는 한 기술이 될 것이지 예술이 될 수는 없습니다. 예술가에게는 이것이 쓸쓸해요. 힘있는 예술, 선이 굵은 예술, 야성으로 충일된 예술…… 우리는 이것을 기다린 지 오래였습니다. 그럴 때 백성수가 나타났습니다. 사실 말이지 백성수, 그의 예술은 그 하나하나가 모두 우리의 문화를 영구히 빛낼 보물입니다. 우리 문화의 기념탑입니다. 방화? 살인? 변변치 않은 집개, 변변치 않은 사람개는 그의 예술의 하나가 산출되는 데 희생하라면 결코 아깝지 않습니다. 천 년에 한 번, 만 년에 한 번 날지 못 날지 모르는 큰 천재를, 몇 개의 변변치 않은 범죄를 구실로 이 세상에서 없이하여 버린다 하는 것은 더 큰 죄악이 아닐까요. 적어도 우리 예술가에게는 그렇게 생각됩니다."

　K씨는, 마주 앉은 노인에게서 편지를 받아서 서랍에 집어넣었다. 새빨간 저녁해에 비치어서 그의 늙은 눈에는 눈물이 번득였다.

광염 소나타

발가락이 닮았다

발가락이 닮았다

노총각 M이 혼약을 하였다.

우리들은 이 소식을 들을 때에 뜻하지 않고 서로 얼굴을 마주 보았습니다.

M은 서른두 살이었습니다. 세태가 갑자기 변하면서 혹은 경제 문제 때문에, 혹은 적당한 배우자가 발견되지 않기 때문에, 혹은 단지 조혼(早婚)이라 하는 데 대한 반항심 때문에 늦도록 총각으로 지내는 사람이 많아 가기는 하지만, 서른두 살의 총각은 아무리 생각하여도 좀 너무 늦은 감이 없지 않았습니다. 그래서 그의 친구들은 아직껏 기회가 있을 때마다 그에게 채근 비슷이 결혼에 대한 주의를 하곤 하였습니다. 그러나 M은 언제나 그런 의논을 받을 때마다(속으로는 흥미를 가진 것이 분명한데) 겉으로는 고소로써 친구들의 말을 거절하곤 하였습니다. 그러던 M이 우리가

모르는 틈에 어느덧 혼약을 한 것이외다.

M은 가난하였습니다. 매우 불안정한 어떤 회사의 월급쟁이였습니다. 이 뿌리 약한 그의 경제 상태가 그로 하여금 늙도록 총각으로 지내게 한 듯도 합니다. 그리고 이 때문에 친구들은 M의 총각 생활을 애석히 생각하여 장가들기를 권하는 것이었습니다.

그러나 나만은 M이 장가를 가지 않는 데 다른 종류의 해석을 내리고 있었습니다. 의사라는 나의 직업이 발견한 M의 육체적인 결함 —— 이것 때문에 M은 서른이 넘도록 총각으로 지낸다. 나는 이렇게 믿고 있었습니다.

M은 학생 시절부터 대단한 방탕 생활을 하였습니다. 방탕이래야 금전상의 여유가 부족한 그는, 가장 하류에 속하는 방탕을 하였습니다. 오십 전 혹은 일 원만 생기면 즉시로 우동집이나 유곽으로 달려가던 그였습니다. 체질상 성욕이 강한 그는, 그 불붙는 정욕을 끄기 위하여 눈앞에 닥치는 기회는 한 번도 놓치지 않았습니다. 친구들과 만날지라도 음식을 한턱하라기보다 유곽을 한턱하라는 그였습니다.

"질(質)로는 모르지만 양(量)으로는 세계의 누구에게든 지지 않을 테다."

관계한 여인의 수효에 대하여 이렇게 방언하기를 주저치 않을 만큼 그는 선택(選擇)이라는 도정을 밟지 않고 집어세었습니다.

스물서너 살에 벌써 이백 명을 넘으리라는 것을 발표하였습니다. 서른 살 때는 벌써 괴승(怪僧) 신돈(辛旽)이를 멀리 눈 아래로 굽어보았을 것입니다. 그런지라 온갖 성병(性病)을 경험하지 못한 것이 없었습니다. 더구나 술이 억배요, 그 위에 유달리 성욕이 강한 그는 성병에 걸린 동안도 결코 삼가지를 않았습니다. 일 년 삼백육십여 일 그에게서 성병이 떠나 본 적이 없었습니다. 늘 농이 흐르고 한 달 건너쯤 고환염(睾丸炎)으로써, 걸음걸이도 거북스러운 꼴을 하여 가지고 나한테 주사를 맞으러 오곤 하였습니다. 그러는 동안에도 오십 전, 혹은 일 원만 생기면 또한 성행위를 합니다. 이런지라, 물론 그는 생식 능력이 없어진 사람이었습니다.

이 일을 잘 아는 나는, M이 결혼을 안하는 이유를 여기다가 연결시켜 가지고, 그의 도덕심(?)에 동정까지 하고 있었습니다. 일생을 빈곤한 가운데서 보내고 늙은 뒤에도 슬하에 자식도 없이 쓸쓸하게 지낼 그, 더구나 자기를 봉양할 슬하가 없기 때문에 백발이 되도록 제 손으로 이 고해를 헤엄치어 나갈 그는, 과연 한 가련한 존재이었습니다.

이렇던 M이 어느덧 우리가 모르는 틈에 우물우물 혼약을 한 것 이외다.

하기는 며칠 전에 이런 일이 있었습니다. 그날 저녁을 먹은 뒤에, 혼자서 신간 치료 보고서를 읽고 있을 때에 M이 찾아왔습니다. 그리고 비교적 어두운 얼굴로 내가 묻는 이야기에도 그다지 시원치 않은 듯이 입술의 대답을 억지로 하고 있다가, 이런 질문을 나에게 던졌습니다.

"남자가 매독을 앓으면 생식을 못하나?"

"괜찮겠지."

"임질은?"

"글쎄, 고환을 오카사레루(침범당하지) 하지 않으면 괜찮아."

"고환은…… 내 친구 가운데 고환염을 앓은 사람이 있는데, 인제는 생식을 못하겠다고 비관이 여간이 아니야. 고환을 오카사레루하면 절대 불가능한가? 양쪽 다 앓았다는데……."

"그것도 경하게 앓았으면 영향 없겠지."

"가령 그 경하다 치면…… 내가 앓은 게 그게 경한 편일까? 중한 편일까?"

나는 뜻하지 않고 그의 얼굴을 보았습니다. 중하기도 그만큼 중하게 앓은 뒤에, 지금 그게 경한 거냐 묻는 것이 농담으로밖에는 들리지 않았으므로……. M의 얼굴은 역시 무겁고 어두웠습니다. 무슨 중대한 선고를 기다리는 사람과 같이 눈을 푹 내리뜨고 나의 대답을 기다리고 있었습니다. 잠시 그의 얼굴을 바라본 뒤에 나는 어이가 없어서,

"아주 경한 편이지."

이렇게 대답하여 버렸습니다.

"경한 편?"

"그럼."

이리하여 작별을 하였는데, 지금에 이르러 생각하면 그 저녁의 그 문답이 오늘날의 그의 혼약을 이루게 하지 않았는가 합니다.

M이 혼약을 하였다는 기보(奇報)를 가지고 온 것은 T라는 친구였습니다. 그때는 마침(다 M을 아는) 친구가 네댓 사람 모여 있을 때였습니다.

"골동(骨董) —— 국보 하나 없어졌다."

누가 이런 비평을 가하였습니다. 나는 T에게 이렇게 물었습니다.

"그래 연애로 혼약이 된 셈인가요?"

"연애? 연애가 다 뭐예요. 갈보 나카이밖에는 여자라는 걸 모르는 녀석이 어디서 연애의 대상을 구하겠소?"

"그럼, 지참금(持參金)이라도 있답디까?"

"지참금이란 뉘 집 애 이름이오?"

나는 여기서 이 혼약에 대하여 가장 불유쾌한 면을 보았습니다. 삼십이 넘도록 총각으로 지낸 그로서, 연애라 하는 기묘한 정사 때문에 그 절(節)을 굽혔다면 그것은 도리어 축하할 일이지 책할 일이 아니외다. 지참금을 바라고 혼약을 하였다 하더라도 지금의 세상에 살아가는 우리로서(더구나 그의 빈곤을 잘 아는 처지인지라) 크게 욕할 수가 없는 일이외다. 그러나 연애도 아니요, 금전 문제도 아닌 이 혼약에서는 가장 불유쾌한 한 가지의 결론밖에는 얻을 수가 없습니다.

"그럼……."

나는 가장 불유쾌한 어조로 이렇게 말하였습니다.

"유곽에 다닐 비용을 절약하기 위하여 마누라를 얻은 셈이구려?"

이 혹평(酷評)에 대하여 T는 마땅치 않다는 듯이 나를 보았습니다.

"그렇게 혹언할 것도 아니겠지요. M도 벌써 서른두 살이든가 세 살이든가, 좌우간 그만하면 차차로 자식도 무릎에 앉혀 보고 싶을 게고, 그렇다고 마땅한 마누라를 선택할 길이나 방법은 없고……."

"자식? 고환염을 그만큼이나 심히 앓은 녀석에게 자식? 자식은……."

불유쾌하기 때문에 경솔히도 직업적 비밀을 입 밖에 낸 나는, 하던 말을 중도에 끊어 버렸습니다. 그러나 이미 한 말까지는 도로 삼킬 수가 없었습니다.

"네? 그게 무슨 말씀이오?"

M의 생식 능력에 대하여 사면에서 질문이 들어왔습니다. 이미 한 말에 대하여 책임을 지지 않을 수 없는 나는 그 말을 돌려 꾸미기에 한참 애를 썼습니다. 단언할 수는 없지만 혹은 M은 생식 능력이 없을지도 모른다. 그러나 진찰을 안해 본 바이니까, 혹은 또한 생식 능력이 있을지도 모른다. M이 너무도 싱거운 혼약을 한 데 대하여 불유쾌하여 그런 혹언을 하였지만 그 말은 취소한다. 이러한 뜻으로 꾸며 대었습니다. 그리고 그 좌석에 있던 스무 살쯤 난 젊은이가,

"외려 일생을 자식 없이 지내면 편치 않아요?"

이러한 의견을 내는 데 대하여 '젊은이로서는 도저히 이해할 수 없는 혈족의 애정'이라는 문제와 그 문제를 너무도 무시하는 요즘의 풍조에 대한 논평으로 말머리를 돌려 버리고 말았습니다.

M은 몰래 결혼식까지 하였습니다. 그의 친구들로서 M의 결혼식의 날짜를 미리 안 사람은 한 사람도 없었습니다. 뿐만 아니라, 지금 모두들 제각기 하는 소위 신식 혼례식을 하지 않고 제 집에서 구식으로 하였답니다. 모 여고보 출신인 신부는 구식 결혼이 싫다고 하였지만 M이 억지로 한 것이라 합니다.

이리하여 유곽에서는 한 부지런한 손님을 잃어버렸습니다.

"독점이라 하는 건 참 유쾌하던걸."

결혼한 뒤에 M은 어느 친구에게 이런 말을 하였다 합니다. 비록 연애로써 성립된 결혼은 아니지만 그다지 실패의 결혼은 아닌 듯하였습니다. 오십 전, 혹은 일 원의 돈을 내어던지고 순간적 성욕의 만족을 사던 이 노총각이, 꿈에도 생각지 못한 독점을 하였으매 그의 긍지가 작지 않았을 것이외다. 연애 결혼은 아니었지만 결혼한 뒤에 연애가 생긴 듯하였습니다. 언제든 음침한 기분이 떠돌던 그의 얼굴이 그럴싸해서 그런지 좀 밝아진 듯하였습니다.

"복 받거라."

우리들 —— 더구나 나는 그들의 결혼을 심축하였습니다. 처음에는 한낱 M의 성행위의 기구로 M과 결합케 된 커다란 희생물인 그의 아내를 위하여, 이것이 행복된 결혼이 되기를 축수하였습니다. 동기는 여하간 결과에 있어서 아름다운 열매를 맺어라, 너의 젊은 아내로서, 한 개 '희생물'이 되지 않게 하여라, 어머니로서의 즐거움을 맛볼 기회가 없는 너의 아내에게, 그 대신 아내로서는 남에게 곱되는 즐거움을 맛보게 하여라, M의 일을 생각할 때마다 진심으로 이렇게 축수하였습니다.

신혼의 며칠이 지난 뒤부터는, M이 젊은 아내를 학대한다는 소문이 조금씩 들렸습니다. 그러나 나는 이 문제는 그다지 크게 생각지 않았습니다. 이런 소문이 귀에 들어올 때마다 나는 《아라비안 나이트》의 마신(魔神)의 이야기를 머릿속에서 되풀이하여 보곤 하였습니다.

어떤 어부가 그물질을 하고 있었습니다. 그런데 한 번 그물을 끌어올리니까 거기는 고기는 없고 그 대신 병(瓶)이 하나 걸려 있었습니다. 병은 마개가 닫혀 있고, 그 위에 납으로 굳게 봉함까지 되어 있었습니다. 어부는 잠시 주저한 뒤에 병의 봉함을 뜯고 마개를 뽑아 보았습니다. 즉, 병에서는 한 줄기 검은 연기가 하늘로 올라갔습니다. 그리고 하늘로 올라간 그 연기는 차차 뭉쳐서 거기는 커다란 마신이 나타났습니다.

'나를 이 병 속에 감금한 것은 선지자 솔로몬이다. 이 병 속에 갇혀 있는 동안 나는 스스로 맹세하였다. 백 년 안에 나를 구해 주는 사람이 있으면 그 사람에게 거대한 부(富)를 주겠다고. 그리고 백 년을 기다렸지만 아무도 나를 구해 주는 사람이 없었다. 그래서 나는 다시 맹세했다. 이제 다시 백 년 안으로 나를 구해 주는 사람이 있으면 나는 그 사람에게 이 세상에 있는 보배를 다 주겠다고. 그리고 헛되이 백 년을 더 연기해서 그 백 년 안에 나를 구해 주는 사람이 있으면 그 사람에게 이 세상에서 가장 큰 권세와 영화를 주겠다고. 그러나 그 백 년이 다 지나도 역시 구해 주는 사람이 없었다. 그래서 나는 마지막으로 다시 맹세했다. 인제 누구든지 나를 구해 주는 놈이 있거든 당장에 그놈을 죽여서 그새 갇혀 있던 그 분풀이를 하겠다고.'

이것이 병 속에서 나온 마신의 이야기였습니다. M의 자기의 젊은 아내를 학대한다는 소문이 들릴 때에, 나는 이 이야기를 생각지 않을 수가 없었습니다. 삼십이 지나도록 총각으로 지낸 그 고통과 고적함에 대한 분풀이를 제 아내에게 하는 것이라 했습니다. 그리고 실컷 학대해라, 더욱 축수하였습니다.

M이 결혼한 지 이 년이 거의 된 어떤 날 저녁이었습니다. 그와 나는 어떤 곳에서 저녁을 같이하고 있었습니다.

그의 얼굴은 이날 유난히 어둡고 무거웠습니다. 그는 음식에는 거의 손을 대지 않고 술만 들이켜고 있었습니다. 본시 말이 많지 않은 그가 이날은 더욱 입이 무거웠습니다.

몹시 취하여 더 술을 먹지 못할 만큼 되어서, 그는 처음으로 자발적으로 입을 열었습니다. 충혈이 된 그의 눈은 무시무시하게 번뜩이었습니다.

"여보게 여보게, 속이지 말구 진정으로 말해 주게. 내게 생식 능력이 있겠나?"

"글쎄 검사를 해 보아야지."

나는 이만큼 하여 넘기려 하였습니다.

"그럼 한번 진찰해 봐 주게."

"왜 갑자기……."

그는 곧 대답하려 하였습니다. 그러나 나오려던 말을 삼켰습니다. 그리고 다시 술을 한 잔 먹은 뒤에 눈을 푹 내리뜨며 말했습니다.

"아니, 다른 게 아니라, 내게 만약 생식 능력이 없다면 저 사람(자기의 아내)이 불쌍하지 않나? 그래서 없는 게 판명되면 아직 젊었을 때에 헤어져서 저 사람이 제 운명을 다시 개척할 때를 줘야지 않겠나? 그래서 말일세."

"진찰해 보아야지."

"그럼 언제 해 보세."

그 며칠 뒤에 나는 M의 아내가 임신했다는 소문을 듣고 깜짝 놀랐습니다. 검사해 볼 필요도 없습니다. M은 그 능력이 없을 것입니다. 그런데 M의 아내는 임신했습니다.

그리고 며칠 전에 M이 검사하겠다던 마음을 짐작했습니다. 그것은 결코 그날의 제 말마따나 '아내의 장래를 위하여' 하려는 것이 아니고, 아내에게 대한 의혹 때문에 하여 보려는 것일 것이외

발가락이 닮았다

117

다. 자기도 온전히 모르는 바는 아니로되, 십중팔구는 자기는 생식 불능자일 텐데 자기의 아내는 임신을 한 것이외다.

생각하면 재미있는 연극이외다. 생식 능력이 없는 M은, 그런 기색도 뵈지 않고 결혼을 하였습니다. 그리하여 M에게로 시집을 온 새 아내는 임신을 하였습니다. 제 남편이 생식 불능자인 줄 모르는 아내는, 버젓이 자기의 가진 죄의 씨를 M에게 자랑을 하고 있을 것이외다. 일찍이 자기가 생식 불능자인지도 모르겠다는 점을 밝혀 주지 않은 M은, 지금 이 의혹의 구렁이에서도 제 아내를 책할 권리가 없을 것이외다. 그가 검사를 하겠다 하나, 검사를 하여서 자기가 불구자인 것이 판명된 뒤에는 어떤 수단을 취하는지 짐작도 할 수가 없습니다. 아내의 음행을 책하자면 자기의 사기적 행위를 폭로시키지 않을 수가 없을 것이외다.

어떤 날, 그는 검사를 하고자 왔습니다. 그때 마침 환자가 몇 사람 밀려 있던 관계상 나는 그를 내 사실에 가서 좀 기다리라 하고, 처리를 다 하고 내려갔습니다. 그랬더니 그는 나를 기다리지 않고 돌아가 버렸습니다. 이튿날 그는 다시 왔습니다. 그러나 그는 또 돌아가 버렸습니다.

나도 사실 어찌하여야 할지 똑똑히 마음을 작정치 못했던 것이외다. 검사한 뒤에 당연히 사멸해 있을 생식 능력을 살아 있다고 하자니, 그것은 나의 과학적 양심이 허락지 않는 바외다. 그러나 또한 사멸하였다고 하자니, 이것은 한 사람의 일생을 망쳐 버리는 무서운 선고에 다름없습니다. M이라 하는 정당한 남편을 누고도 불의의 쾌락을 취하는 M의 아내는 분명히 책받을 여인이겠지요. 그러나 또한 다른 편으로 이 사건을 관찰할 때에 내가 눈을 꾹 감고 그릇된 검안을 내린다면 그로 인하여 절대로 불가능하던 M이 슬하에 사랑스런 자식(?)을 두고 거기서 노후의 위안도 얻을 수 있을 것이요, 만사가 원만히 해결될 것이외다.

내가 자유로 선택할 수 있는 두 가지의 갈림길에 서서 나는 어느 편 길을 취하여야 할지 판단을 주저하고 있었습니다. 이 문제가 사오 일 뒤에 저절로 해결이 되었습니다. 그날도 역시 침울한 얼굴로 찾아온 M에게 대하여 나는 의리상,

"오늘 검사해 보겠나?"

하니깐 그는 간단히 대답하였습니다.

"벌써 했네."

"응? 어디서?"

"P병원에서."

"그래서 그 결과는?"

"살았다네."

"?"

나는 뜻하지 않고 그의 얼굴을 보았습니다. 그것은 의외의 대답을 들은 때문이라기보다 오히려 '살았다네.' 하는 그의 음성이 너무 침통했기 때문에……

"그럼 안심이겠네."

이렇게 대답하는 동안 나는 내가 하마터면 질 뻔한 괴로운 임무

에서 벗어난 안심을 느끼는 동시에, P병원에서의 검안의 의외에 눈을 크게 뜨지 않을 수가 없었습니다. 내 눈을 만난 M의 눈은 낭패한 듯이 이리저리 돌아다녔습니다. 그리고 나는 그 눈으로 그가 방금 한 말이 거짓말이었음을 알았습니다.

그럼 그는 왜 거짓말을 하였나? 자기의 아내의 명예를 보호하기 위하여? 세상과 제 마음을 속여 가면서라도 자식을 슬하에 두어 보기 위하여? 나는 그의 마음을 알 수가 없었습니다. 그가 입을 열었습니다. 무겁고 침울한 음성이었습니다.

"여보게, 자넨 이런 기모치 알겠나?"

"어떤?"

그는 잠시 쉬어서 말을 시작했습니다.

"월급쟁이가 월급을 받았네. 받은 즉시로 나와서 먹고 쓰고 사고, 실컷 마음대로 돈을 썼네. 막상 집으로 돌아가는 길일세. 지갑 속에 돈이 몇 푼 남아 있을 것은 분명해. 그렇지만 지갑은 못열어 봐. 열어 보기 전에는 혹은 아직은 꽤 많이 남아 있겠거니 하는 요행심도 붙일 수 있겠지만 급기야 열어 보면 몇 푼 안 남은 게 사실로 나타나지 않겠나? 그게 무서워서 아직 있거니, 스스로 속이네그려. 쌀도 사야지, 나무도 사야지, 열어 보면 그걸 살 돈이 없는 게 사실로 나타날 테란 말이지. 그래서 할 수 있는 대로 지갑에서 손을 멀리하고 제 집으로 돌아오네. 그 기모치 알겠나?"

나는 머리를 끄덕이었습니다.

"알겠네."

그는 다시 입을 봉하였습니다. 그러나 그때에 나는 알았습니다. M은 검사도 하여 보지 않은 것이외다. 그는 무서워합니다. 그는 검사를 피합니다. 자기의 아내가 임신을 하였습니다. 그것은 상식으로 판단하여 물론 남편의 아이일 것이외다. 거기 대하여 의심을 품을 자는 하나도 없을 것이외다. 의심을 품을 필요도 없는 것이외다. 왜? 여인이 남편을 맞으면 원칙상 임신을 하는 것이 당연한 일이니깐.

이 의심할 필요가 없는 것을 의심하다가 향기롭지 못한 결과가 나타나면 이것은 자작지얼로서 원망을 할 곳이 없을 것이외다. 벌의 둥지를 건드리는 것은 어리석은 것이외다. 십중팔구는 향기롭지 못한 결과가 나타날 '검사'를, M은 회피한 것이외다. 절망을 스스로 사지 않으려…… 그리고, 번민 가운데서도 끝끝내 일루의 희망을 붙여 두려, M은 온전히 검사라는 위험한 벌의 둥지를 건드리지 않기로 한 것이외다. 그리고 상식으로 판단할 수 있는(제 아내의 뱃속에 있는) 자식에게 대하여 억지로 애정을 가져 보려 결심한 것이외다. 검사를 하여서 정충이 살아 있으면 다행한 일이지만, 사멸하였다면 시재 제 아내와의 새에 생길 비극과 분노와 절망은 둘째 두고라도, 일생을 슬하에 혈육이 없이 보내고 노후에 의탁할 곳을 가질 가능성조차 없는 절망의 지위에 빠지지 않을 수가 없을 것이외다.

이것은 무서운 일이외다. 상식으로 판단할 수 있는 일을 거부

(拒否)하고까지 이런 모험 행위를 할 필요가 없을 것이외다. 이리하여 그는 검사는 단념했지만 마음에 있는 의혹만은 온전히 끄지를 못한 모양이었습니다. 그 뒤 어떤 날 그는 이런 이야기, 저런 이야기를 하다가 이런 말을 했습니다.

"자식은 꼭 제 애비를 닮는다면 좋겠구면……"

거기 대하여 나는 닮은 예를 여러 가지로 들어서 말하여 주었습니다. 그는 한숨을 쉬었습니다.

"여인이 애를 배면 걱정일 테야. 아버지나 친할아비를 닮는다면 문제는 없겠지만 외편을 닮거나, 그렇지 않으면 아무도 닮지 않으면 걱정이 아니겠나. 그저 애비를 닮아야 제일이야. 하하하……"

나는 대답하였습니다.

"글쎄 말이지. 내 전문이 아니니깐 이름은 기억 못하지만, 독일 소설에 이런 게 있지 않나. 〈아버지〉라나 하는 희곡 말일세. 자식을 낳았는데 제 자식인지 아닌지 몰라서 번민하는 그런 이야기가 있지? 그것도 아버지만 닮으면 문제가 없겠지."

"아! 아, 다 귀찮어."

M의 아내가 아들을 낳았습니다.

그 아이가 반년쯤 자랐습니다.

어떤 날 M은 그 아이를 몸소 안고, 병을 뵈러 나한테 왔습니다. 기관지가 조금 상하였습니다.

약을 받아 가지고도 그냥 좀 앉아 있던 M은, 묻지도 않는 이런 말을 하였습니다.

"이놈이 꼭 제 증조부님을 닮았다거든."

"그래?"

나는 그의 말에 적지 않은 흥미를 느끼면서 이렇게 응했습니다. 내 눈으로 보자면, 그 어린애와 M과는 아무런 관련이 없는 바인데, 그 애가 M의 할아버지를 닮았다는 것은 기이함으로…… 어린애의 친편과 외편의 근친(近親)에서 아무도 비슷한 사람을 찾아내지 못한 M의 친척은 하릴없이 예전의 조상을 들추어낸 모양이었습니다. 그리고 그 어린애에게 커다란 의혹과 그보다 더 커다란 희망(의혹이 오해였던 것을 바라는)은 M으로 하여금 손쉽게 그 말을 믿게 한 모양이었습니다. 적어도 신뢰하려고 마음먹게 한 모양이었습니다.

내가 자기의 말에 흥미를 가지는 것을 본 M은, 잠시 주저하다가 그가 예비했던 둘쨋말을 마침내 꺼내었습니다.

"게다가 날 닮은 데도 있어."

"어디?"

"이 보게."

M은 어린애를 왼편 팔로 가만히 옮겨서 붙안으면서 오른손으로 제 양말을 벗었습니다.

"내 발가락 보게. 내 발가락은 남의 발가락과 달라서, 가운뎃발가락이 그 중 길어. 쉽지 않은 발가락이야. 한데……"

M은 강보를 들치고 어린애의 발을 가만히 꺼내어 놓았습니다.

"이놈의 발가락 보게. 꼭 내 발가락 아닌가. 닮았거든……."

M은 열심으로, 찬성을 구하듯이 내 얼굴을 바라보았습니다. 얼마나 닮은 곳을 찾아보았기에 발가락 닮은 것을 찾아내었겠습니까?

나는 M의 마음과 노력에 눈물겨웠습니다. 커다란 의혹 가운데서 그 의혹을 어떻게 하여서든 삭여 보려는 M의 노력은 인생의 가장 요절할 비극이었습니다. M이 보라고 내어놓은 어린애의 발가락은 안 보고, 오히려 얼굴만 한참 들여다보고 있다가,

나는 마침내 이렇게 말하였습니다.

"발가락뿐 아니라, 얼굴도 닮은 데가 있네."

그리고 나의 얼굴로 날아오는(의혹과 희망이 섞인) 그의 눈을 피하면서 돌아앉았습니다.

광화사

광 화 사

인왕(仁王)……

바위 위에 잔솔이 서고 잔솔 아래는 이끼가 빛을 자랑한다.

굽어보니 바위 아래는 몇 포기 난초가 노란 꽃을 벌리고 있다. 바위에 부딪히는 잔바람에 너울거리는 난초잎.

여(余)는 허리를 굽히고 스틱으로 아래를 휘저어 보았다. 그러나 아직 난초에서는 사오 척의 거리가 있다. 눈을 옮기면 계곡(溪谷).

전면이 소나무의 잎으로 덮인 계곡이다. 틈틈이는 철색(鐵色)의 바위도 보이기는 하나, 나무 밑의 땅은 볼 길이 없다. 만약 여로서 그 자리에 한 번 넘어지면 소나무의 잎 위로 굴러서 저편 어디인지 모를 골짜기까지 떨어질 듯하다.

여의 등뒤에도 이삼 장(丈)이 넘는 바위다. 그 바위에 올라서면

무학(舞鶴)재로 통한 커다란 골짜기가 나타날 것이다. 여의 발 아래도 장여(丈餘)의 바위다. 아래는 몇 포기 난초, 또 그 아래는 두세 그루의 잔솔, 잔솔 넘어서는 또 바위, 바위 위에는 도라지꽃. 그 바위 아래로부터는 가파른 계곡이다. 그 계곡이 끝나는 곳에는 소나무 위로 비로소 경성 시가의 한편 모퉁이가 보인다. 길에는 자동차의 왕래도 까막하게 보이기는 한다. 여전한 분요와 소란의 세계는 그곳에 역시 전개되어 있기는 할 것이다.

그러나 여가 지금 서 있는 곳은 심산이다. 심산이 가져야 할 온갖 조건을 구비하였다.

바람이 있고 암굴이 있고 산초, 산화가 있고 계곡이 있고 샘물이 있고 절벽이 있고 난송(亂松)이 있고…… 말하자면 심산이 가져야 할 유수미(幽邃味)를 다 구비하였다.

본시는 이 도회는 심산 중의 한 계곡이었다. 그것을 오백 년 간을 닦고 갈고 지어서 오늘날의 경성부를 이룬 것이었다. 이러한 협곡에 국도(國都)를 창건한 이태조의 본의가 어디 있었는지 알 길이 없다. 그러나 오늘날의 한 산보객의 자리에서 보자면, 서울은 세계에 유례(類例)가 없는 미도(美都)일 것이다.

도회에 거주하며 식후의 산보로서 풀대님채로 이러한 유수(幽邃)한 심산에 들어갈 수 있다 하는 점으로 보아서 서울에 비길 도회가 세계에 어디 다시 있으랴.

회흑색(灰黑色)의 지붕 아래 고요히 누워 있는 오백 년의 도시를 눈 아래 굽어보는 여의 사위에는 온갖 고산 식물이 난성(亂盛)

하고, 계곡에 흐르는 물소리와 눈 아래 날아드는 기조(奇鳥)들은 완연히 여로 하여금 등산객의 정취를 느끼게 한다.

여는 스틱을 바위틈에 꽂아 놓았다. 그리고 굴러떨어지기를 면키 위하여 바위와 잔솔의 새에 자리잡고 비스듬히 앉았다. 담배를 피우고 싶었으나 잠시의 산보로 여기고 담배도 안 가지고 나온 발이 더듬더듬 여기까지 미쳤으므로 담배도 없다.

시야(視野)의 한편에는 이삼 장(丈)의 바위, 다른 한편에는 푸르른 하늘, 그 끝으로는 솔잎이 서너 개 어렴풋이 보인다. 그윽히 코로 몰려 들어오는 송진 내음새, 소나무에 불리는 바람소리……

유수(幽邃)키 짝이 없다. 여가 지금 앉아 있는 자리는 개벽 이래로 과연 몇 사람이나 밟아 보았을까? 이 바위 생긴 이래로 혹은 여가 맨 처음 발 대어 본 것이 아닐까? 아까 바위를 기어서 이곳까지 올라오느라고 애쓰던 그런 맹랑한 노력을 하여 본 바보가 여 이외에 몇 사람이나 있었을까? 그런 모험을 맛보기 위하여 심산을 찾은 용사(勇士)는 많을 것이로되 결사적으로 인왕 등산을 한 사람은 그리 많으리라고 생각되지 않는다.

등뒤 바위에는 암굴이 있다.

배암이라도 있을까 무서워서 들어가 보지는 않았지만, 스틱으로 휘저어 본 결과로 세 사람은 넉넉히 들어가 앉아 있음직하다.

이 암굴은 무엇에 이용할 수가 없을까?

음모(陰謀)의 도시 한양은 그새 오백 년 간 별별 음흉한 사건이 연출되었다. 시가 끝에서 반시간 미만에 넉넉히 올 수 있는 이런 가까운 거리에 뚫린 암굴은, 있는 줄 알기만 하였으면 혹은 음모에 이용되지 않았을까?

공상!

유수(幽邃)한 맛에 젖어 있던 여는 이 암굴 때문에 차차 불쾌한 공상에 빠지기 시작하려 한다.

온갖 음모, 그 뒤를 잇는 살육, 모함, 방축, 이조 오백 년 간의 추악한 모양이 여로 하여금 불쾌한 공상에 빠지게 하려 한다.

여는 황망히 이런 불쾌한 공상에서 벗어나려고 또 주머니에서 담배를 뒤지었다. 그러나 담배는 여전히 있을 까닭이 없었다.

다시 눈을 들어서 안하를 굽어보면 일면에 깔린 송초(松梢)……

반짝!

보매 한 줄기의 샘이다.

소나무 틈으로 보이는 그 샘은 아마 바위틈을 흐르는 샘물인 듯. 똘똘똘똘 들리는 것은 아마 바람소리겠지. 저렇듯 멀리 아래 있는 샘의 소리가 이곳까지 들릴 리가 없다.

샘물!

저 샘물을 두고 한 개 이야기를 꾸미어 볼 수가 없을까? 흐르는 모양도 아름답거니와 흐르는 소리도 아름답고 그 맛도 아름다운 샘물을 두고 한 개 재미있는 이야기가 여의 머리에 생겨나지 않을까? 암굴을 두고 생겨나려던 음모 살육의 불쾌한 공상보다 좀더 아름다운 다른 이야기가 꾸며지지 않을까?

여는 바위틈에 꽂았던 스틱을 도로 뽑았다. 그 스틱으로써 여의 발 아래 바위를 가볍게 두드리면서 한 개 이야기를 꾸며 보았다.

한 화공(畵工)이 있다 —— 화공의 이름은?

지어내기가 귀찮으니 신라 때의 화성(畵聖)의 이름을 차용하여 솔거(率居)라 하여 두자 —— 시대는?

시대는 이 안하에 보이는 도시가 가장 활기 있고 아름답던 시절인 세종 성주의 대쯤으로 하여 둘까?

백악이 흘러내리다가 맺힌 곳. 거기는 한양의 정기를 한몸에 지닌 경복궁 대궐이 있다. 이 대궐의 북문인 신무문(神武門) 밖 우거진 뽕밭 새에 중로(中老)의 사나이가 오뇌스러운 얼굴을 하고 숨어 있다.

화공 솔거였다.

무르익은 여름 뜨거운 볕은 뽕잎이 가리어 준다. 하나, 훈훈한 기운은 머리 위 뽕잎과 땅에서 우러나서 꽤 무더운 이 뽕밭 속에 숨어 있는 화공. 자그마한 보따리에는 점심까지 싸 가지고 온 것으로 보아서 저녁까지 이곳에 있을 셈인 모양이다.

그러나 무얼 하는지? 단지 땀을 펑펑 흘리며 오뇌스러운 얼굴로 앉아 있을 뿐이다.

왕후 친잠(王后親蠶)에 쓰이는 이 뽕밭은 잡인들이 다니지 못할 곳이다. 하루 종일을 사람의 그림자 하나 얼씬하지 않는다.

때때로 바람이 우수수 하니 뽕나무 위로 불기는 하나, 솔거가 숨어 있는 곳에는 한 점의 바람도 들어오지 않는다. 이 무더운 속에 솔거는 바람이 불 적마다 몸을 흠칫흠칫 놀라며 그러면서도 무엇을 기다리는 듯이 뽕나무 그루 아래로 저편 앞을 주시(注視)하곤 한다.

이윽고 석양이 무악을 넘고 이 도시도 황혼이 들었다. 날이 어둡기를 기다려서 이 화공은 몸을 숨겨 가지고 거기서 나왔다.

"오늘은 헛길. 내일이나 다시 와 볼까?"

한숨을 쉬면서 제 오막살이를 찾아가는 화공.

날이 벌써 꽤 어두웠지만 그래도 아직 저녁빛이 약간 남은 곳에 내어놓은 이 화공은 세상에 보기 드문 추악한 얼굴의 주인이었다.

코가 질병자루 같다. 눈이 퉁방울 같다. 귀가 반죽 같다. 입이 나발통 같다. 얼굴이 두꺼비 같다 —— 소위 추한 얼굴을 형용하는 온갖 형용사를 한 얼굴에 지닌 흉한 얼굴의 주인으로서, 그 얼굴이 또한 굉장히도 커서 멀리서 볼지라도 그 존재가 완연하리 만하다.

이 얼굴을 가지고는 백주에는 나다니기가 스스로 부끄러울 것이다.

아닌게아니라, 솔거는 철이 들은 이래 아직껏 백주에 사람 틈에 나다닌 일이 없었다.

　일찍이 열여섯 살에 스승의 중매로서 어떤 양가 처녀와 결혼을 하였지만, 그 처녀는 솔거의 얼굴을 보고 기절을 하고 기절에서 깨어나서는 그냥 집으로 도망쳐 버리고, 그 다음에 또 한 번 장가를 들어 보았지만, 그 색시 역시 첫날밤만 정신 모르고 치른 뒤에는 이튿날은 무서워서 죽어도 같이 못 살겠노라고 부모에게 떼를 써서 두 번째의 비극을 겪고……

　이러한 두 가지의 사변을 겪고 난 뒤에는 솔거는 차차 여인이라는 것을 보기를 피하여 오다가, 그 괴벽이 점점 자라서 나중에는 일체로 사람이란 것의 얼굴을 대하기가 싫어졌다.

　사람을 피하기 위하여 —— 그리고 또한 일방으로는 화도(畵道)에 정진하기 위하여 인가를 떠나서 백악의 숲속에 조그만 오막살이를 하나 틀고 거기 숨은 지 근 삼십 년, 생활에 필요한 물건 혹은 그림에 필요한 물건을 구하기 위하여 부득이 거리에 나가야 할 필요가 있을 때는 반드시 밤을 택하였다. 피할 수 없어 낮에 나갈 때는 방립을 쓰고 그 위에 얼굴을 베로 가리었다.

　화도(畵道)에 발을 들여놓은 지 근 사십 년, 부득이한 금욕 생활, 부득이한 은둔 생활을 경영한 지 삼십 년, 여인에게로 '소모되지 못한' 정력은 머리로 모이고, 머리로 모인 정력은 손끝으로 뻗어서 종이에 비단에 갈겨던진 그림이 벌써 수천 점. 처음에는 그 그림에 대하여 아무 불만도 느껴 보지 않았다.

하늘에서 타고난 천분과 스승에게서 얻은 훈련과 저축된 정력의 소산인 한 장의 그림이 생겨날 때마다 그것을 보면서 스스로 만족히 여기고 스스로 자랑스러이 여기던 그였다.

그러나 그런 과정을 밟기 이십 년에 차차 그의 마음에 움돋은 불만, 그것은 어떻게 보자면 화도에는 이단적인 생각일는지도 모를 것이다.

좀 다른 것은 그릴 수가 없는가.

산이다. 바다다. 나무다. 시내다. 지팡이 잡은 노인이다. 다리다. 혹은 돛단배다. 꽃이다. 과즉 달이다. 소다. 목동이다.

이 밖에 그가 아직 그려 본 것이 무엇이었던가?

유원(幽遠)한 맛, 단 한 가지밖에 없는 전통적 그림보다 좀더 다른 것을 그려 보고 싶다.

아직껏 스승에게 배운 바의 백발백염의 노옹이나 피리 부는 목동 이외에 좀더 얼굴에 움직임이 있는 사람을 그려 보고 싶다. 표정이 있는 얼굴을 그려 보고 싶다.

이리하여 재래의 수법을 아낌없이 내어던진 솔거는 그로부터 십 년간을 사람의 표정을 그리노라고 세월을 보냈다. 그러나 사람의 세상을 멀리 떠나서 따로이 사는 이 화공에게는 사람의 표정이 기억에 까맣다.

상인(商人)들의 간특한 얼굴, 행인들의 덜난 무표정한 얼굴, 새꾼들의 싱거운 얼굴——그새 보고 지금도 대할 수 있는 얼굴은 이런 따위뿐이다. 좀더 색채 다른 표정은 없느냐?

색채 다른 표정!

색채 다른 표정!

이 욕망이 화공의 마음에 익고 커 가는 동안, 화공의 머리에 솟아오르는 몽롱한 기억이 있다.

이 화공의 어머니의 표정이다.

지금은 거의 그의 기억에서 사라졌지만 어린 시절에 자기를 품에 안고 눈물 글썽글썽한 눈으로 굽어보던 어머니의 표정이 가끔 한순간씩 그의 기억의 표면까지 뛰쳐올랐다.

그의 어머니는 희세의 미녀(美女)였다. 대대로 이후의 자손의 미(美)까지 모두 미리 빼앗았던지 세상에 드문 미인이었다.

화공은 이 미녀의 유복자였다.

아비 없는 자식을 가슴에 붙안고 눈물 머금은 눈으로 굽어보던 표정.

철이 들은 이래로 자기를 보는 얼굴에서는 모두 경악(驚愕)과 공포밖에는 발견하지 못한 이 화공에게는 사십여 년 전의 어머니의 사랑의 아름다운 얼굴이 때때로 몸서리치도록 그리웠다.

그것을 그려 보고 싶었다.

커다란 눈에 그득히 담긴 눈물. 그러면서도 동경과 애무로서 빛나던 눈. 입가에 떠오르던 미소.

번개와 같이 순간적으로 심안(心眼)에 나타났다가는 사라지는 이 환영을 화공은 그려 보고 싶었다.

세상을 피하고 세상에서 숨어살기 때문에 차차 비뚤어진 이 화공의 괴벽한 마음에는, 세상을 그리는 정열이 또한 그만치 컸다. 그리고 그것이 크면 크니 만치 마음속에는 늘 울분과 불만이 차 있었다.

지금도 세상에서는 한창 계집 사내들이 서로 부둥켜안고 좋다고 야단할 것을 생각하고는 음울한 얼굴로 화필을 뿌리는 화공.

이러한 가운데서 나날이 괴벽하여 가는 이 화공은 한 개 미녀상(美女像)을 그려 보고자 노심하였다.

처음에는 단지 아름다운 표정을 가진 미녀를 그려 보고자 하였다. 그러나 미녀를 가까이 본 일이 없는 이 화공이 마음대로 되지 않는 붓끝에 역정을 내며 애쓰는 동안 차차 어느덧 미녀상에 대한 관념이 달라 갔다.

자기의 아내로서의 미녀상을 그려 보고 싶어졌다.

세상은 자기에게 아내를 주지 않는다.

보면 한 마리의 곤충, 한 마리의 날짐승도 각기 짝을 찾아 즐기고 짝을 찾아 좋아하거늘, 만물의 영장인 사람이 짝 없이 오십 년을 보냈다 하는 데 대한 분만이 일어났다.

세상 놈들은 자기에게 한 짝을 주지 않고 세상 계집들은 자기에게 오려는 자가 없이 홀몸으로 일생을 보내다가 언제 죽는지도 모르게 이 산골에서 죽어 버릴 생각을 하면 한심하기보다 도리어 이렇듯 박정한 사람의 세상이 미웠다.

세상이 주지 않는 아내를 자기는 자기의 붓끝으로 만들어서 세상을 비웃어 주리라.

이 세상에 존재한 가장 아름다운 계집보다도 더 아름다운 계집을 자기의 붓끝으로 그려서 못나고도 아름다운 체하는 세상 계집들을 웃어 주리라.

덜난 계집을 아내로 맞아 가지고 천하의 절색이라 믿고 있는 사내놈들도 깔보아 주리라.

사오 명의 처첩을 거느리고 좋다구나고 춤추는 헌놈들도 굽어보아 주리라.

미녀! 미녀!

──눈을 감고 생각하고 눈을 뜨고 생각하고 머리를 움켜쥐고 생각해 보나, 미녀의 얼굴이 어떤 것인지 알 수가 없었다.

물론 얼굴에 철요가 없고 이목구비가 제대로 놓였으면 세상 보통의 미인이라 한다. 그런 얼굴에 연지나 그리고 눈에 미소나 그려 넣으면 더 아름다워지기는 할 것이다. 이만한 것은 상상의 눈으로도 볼 수가 있는 자며 붓끝으로 그릴 수도 없는 바가 아니다.

그러나 가만 어린 시절의 어머니의 얼굴을 순영적(瞬影的)으로나마 기억하는 이 화공으로서는 그런 미녀로는 만족할 수가 없었다.

오뇌와 분만 중에서 흐르는 세월은 일 년 또 일 년, 무위히 흘러간다.

미녀의 아랫둥이는 그려진 지 벌써 수년. 그 아랫둥이 위에 올

려놓일 얼굴은 어떻게 하여얄지 짐작도 가지 않았다.

화공의 오막살이 방 안에 들어서면 맞은편에 걸려 있는 한 폭 그림은 언제든 어서 목과 얼굴을 그려 주기를 기다리듯이 화공을 힐책한다.

화공은 이것을 보기가 거북하였다.

특별한 일이라도 있기 전에는 낮에 거리에 다니지를 않던 이 화공이 흔히 얼굴을 싸매고 장안을 돌아다녔다.

광
화
사

행여나 길에서라도 미녀를 만날까 하는 요행심으로였다. 길에서 순간적으로라도 마음에 드는 미녀를 볼 수만 있으면 그것을 머리에 똑똑히 캐치하여 그 기억으로서 화상을 그릴까 하는 요행심으로……

그러나 내외법이 심한 이 도회에서 대낮에 양가의 부녀가 얼굴을 내놓고 길을 다니지 않았다. 계집이라는 것은 하인배나 하류배뿐이었다.

하인배, 하류배에도 때때로 미녀라 일컬을 자가 있기는 있었다. 그러나 아무리 산뜻한 미를 갖기는 했다 하나 얼굴에 흐르는 표정이 더럽고 비열하여 캐치할 만한 자가 없었다.

얼굴을 싸매고 거리로 방황하며 혹은 계집들이 많이 모이는 우물가며 저자를 비슬비슬 방황하며 어찌어찌하여 약간 예쁜 듯한 계집이라도 보이면 따라가면서 얼굴을 연구해 보고 했으나, 마음에 드는 미녀를 지금껏 얻어내지를 못하였다.

혹은 심규(深閨)에는 마음에 드는 계집이라도 있을까? 심규!
심규! 한번 심규의 계집들을 모조리 눈앞에 벌여 세우고 얼굴 검
사를 하여 보았으면…….

초조하고 성가신 가운데서 날을 보내고 날을 맞으면서 미녀를
구하던 화공은, 마지막 수단으로 친잠상원(親蠶桑園)에 들어가서
채상(採桑)하는 궁녀의 얼굴을 얻어 보려 하였다. 그러나 불행히
도 화공의 모험도 헛길로 돌아가고 그날은 채상을 하러 오지 않
았다.

그러나 때 바야흐로 누에 시절이라 길만성 있게 기다리노라면
궁녀가 오는 날도 있을 것이다. 미녀 —— 아내의 얼굴을 그리려는
욕망에 열이 오르고 독이 난 이 화공은 그 이튿날도 또 뽕밭에 들
어가 숨었다. 숨어 기다리지 않을 수가 없었다.

그로부터 한 달. 화공은 나날이 점심을 싸 가지고 상원(桑園)으
로 갔다. 그러나 저녁때 제 오막살이로 돌아올 때는 언제나 그의
입에서는 기다란 탄식성이 나왔다.

궁녀를 못 본 바가 아니었다.

마치 여기 숨어 있는 화공에게 선보이려는 듯이 나날이 궁녀들
은 번갈아 왔다. 한 떼씩 밀려와서는 옷소매, 치맛자락을 펄럭이
며 뽕을 따 갔다. 한 달 동안에 합계 사오십 명의 궁녀를 보았다.

모두 일률로 미녀들이었다. 그리고 길가 우물가에서 허투로 볼
수 있는 미녀들보다 고아(高雅)한 얼굴임에는 틀림이 없었다.

그러나 그 눈 —— 화공의 보는 바는 눈이었다.

그 눈에 나타난 애무와 동경이었다. 철철 넘쳐흐르는 사랑이었다. 그것이 궁녀에게는 없었다. 말하자면 세상 보통의 미녀였다.

자기에게 계집을 주지 않는 고약한 세상에 대해 보복하는 의미로 절세의 미녀를 차지하고자 하는 이 화공의 커다란 야심으로서는 그만 따위의 미녀로 만족할 수가 없었다.

오막살이로 돌아올 때마다 그의 입에서 나오는 기다란 한숨, 이런 한숨을 쉬기 한 달 —— 그는 다시 상원에 가지 않았다.

가을 하늘 맑고 푸르른 어떤 날이었다.

마음속에 분만과 동경을 가득히 담은 이 화공은 저녁쌀을 씻으려 소쿠리를 옆에 끼고 시내로 더듬어 갔다.

가다가 문득 발을 멈추었다.

우거진 소나무 틈으로 보이는 시냇가 바위 위에 웬 처녀가 하나 앉아 있다. 솔가지 틈으로 내리비치는 얼룩지는 석양을 받고 망연히 앉아서 흐르는 시냇물을 내려다보고 있다.

웬 처녀일까?

인가에서 꽤 떨어진 이곳. 사람의 동리보다 꽤 높은 이곳. 길도 없는 이곳 —— 아직껏 삼십 년 간을 때때로 초부나 목동의 방문은 받아 본 일이 있지만 다른 사람의 자취를 받아 보지 못한 이곳에 웬 처녀일까?

화공도 망연히 서서 바라보았다. 바라볼 동안 가슴에 차차 무거운 긴장을 느꼈다.

한 걸음 두 걸음 화공은 발소리를 감추고 나아갔다. 차차 그 상거가 가까워 감을 따라서 분명하여 가는 처녀의 얼굴 —— 화공의 얼굴에는 피가 떠올랐다.

세상에 드문 미녀였다. 나이는 열일여덟, 그 얼굴 생김이 아름답다기보다 얼굴 전면에 나타난 표정이 놀란 만치 아름다웠다.

흐르는 시내에 눈을 부었는지 귀를 기울였는지, 하여간 처녀의 온 주의력은 시내에 모여 있다. 커다랗게 뜨인 눈은 깜박일 줄도 잊은 듯이, 황홀한 눈으로 시내를 굽어보고 있다.

남벽(藍碧)의 시냇물에는 용궁(龍宮)이 보이는가? 소나무 그루에 부딪혀서 튀어나는 바람에 앞머리를 약간 날리면서 처녀가 굽어보고 있는 것은 무엇인가?

처녀의 온 공상과 정열과 환희가 한꺼번에 모인 절묘한 미소를 눈과 입에 띠고 일심불란히 처녀가 굽어보는 것은 무엇인가?

아아!

화공은 드디어 발견하였다. 그새 십 년간을 여항의 길거리에서, 혹은 우물가에서, 내지는 친잠상원에서 발견하여 보려고 애쓰다가 종내 달하지 못한 놀랄 만한 아름다운 표정을 화공은 뜻 안한 여기서 발견하였다.

화공은 걸음을 빨리하였다. 자기의 얼굴이 얼마나 더럽게 생겼는지, 이 처녀가 자기를 쳐다보면 얼마나 놀랄지, 이 점을 온전히 잊고 걸음을 빨리하여 처녀의 쪽으로 갔다.

처녀는 화공의 발소리에 머리를 번쩍 들었다. 화공을 바라보았다. 그 무한히 먼 곳을 바라보는 듯한 기묘한 눈을 들어서,

"아……."

가슴이 무득하여 무슨 말을 하여야 할지 망설이며 화공이 반벙어리 같은 소리를 할 때에 처녀가 먼저 입을 열었다.

"여기가 어디오니까?"

여기가 어디?

"여기는 인왕산록 이름도 없는 산이지만 너는 웬 색시냐?"

"네……."

문득 떠오르는 적적한 표정.

"더듬더듬 시내를 따라왔습니다."

화공은 머리를 기울였다. 몸을 움직여 보았다. 무한히 먼 곳을 바라보는 듯한 처녀의 눈은 그냥 움직임 없이 커다랗게 뜨여 있기는 하지만, 어디를 보는지 무엇을 보는지 알 수가 없다.

드디어 화공이 부르짖었다.

"너 앞이 보이느냐?"

"소경이올시다."

소경이었다. 눈물 머금은 소리로 하는 이 대답을 듣고 화공은 좀더 가까이 갔다.

"앞도 못 보면서 어떻게 무얼 하러 예까지 왔느냐?"

처녀는 머리를 푹 수그렸다. 무슨 대답을 하는 듯하였으나 화공은 알아듣지 못하였다. 그러나 화공으로 하여금 적이 호기심을 잃게 한 것은 처녀의 얼굴에 아까와 같은 놀라운 매력 있는 표정이 없어진 것이었다.

그만하면 보기 드문 미인임에는 틀림이 없다. 그러나 아까 화공이 그렇듯 놀란 것은 단지 미인인 탓이 아니었다. 그 얼굴에 나타난 놀라운 매력에 끌린 것이었다.

"불쌍도 하지. 저녁도 가까워 오는데 어둡기 전에 집으로 내려가거라."

이만치 하여 화공은 처녀를 포기하려 하였다. 이 말에 처녀가 응하였다.

"어두운 것은 탓하지 않습니다마는 황혼은 매우 아름답다지요?"

"그럼 아름답구말구."

"어떻게 아름답습니까?"

"황금빛이 서산에서 줄기줄기 비치는구나. 거기 새빨갛게 물든 천하 —— 푸르른 소나무도 남빛 바위도 검붉은 나무 그루도 모두 황금빛에 잠겨서……."

"황금빛은 어떤 것이고 새빨간 빛과 붉은빛이며 남빛은 모두 어떤 빛이오니까? 밝은 세상이라지만 밝은 빛과 붉은빛이 어떻게 다릅니까? 이 산 경치가 아름답다는 소문을 듣고 더듬어 왔습니다마는 바람소리, 동물 소리, 귀로 들리는 소리밖에는 어디가 아름다운지 알 수가 없습니다."

차차 다시 나타나는 미묘한 표정, 커다랗게 뜨인 눈에 비치는 동경의 물결, 일단 사라졌던 아름다운 표정은 다시 생기기 비롯하였다.

화공은 드디어 처녀의 맞은편에 가 앉았다.

"이 샘줄기를 내려가면 바다가 있구, 바다 속에는 용궁이 있구
나. 칠색 비단을 감은 기둥과 비취를 아로새긴 댓돌이며 황금으
로 만든 풍경, 진주로 꾸민 문설주······."

마주 앉아서 엮어 내리는 이 화공의 이야기에 각 일각 더욱 황
홀하여 가는 처녀의 눈이었다. 화공은 드디어 이 처녀를 자기의
오막살이로 데리고 돌아갈 궁리를 하였다.

"내 용궁 이야기를 들려주마. 너희 집에서 걱정만 안하실 것 같
으면······."

화공이 이렇게 꾀일 때에 처녀는 그의 커다란 눈을 들어서 유원
(幽遠)히 하늘을 우러러보면서 자기네 부모는 병신 딸 따위는 없
어져도 근심을 안한다고 쾌히 화공의 뒤를 따랐다.

일사천리로 여기까지 밀려오던 여의 공상은 문득 중단되었다.
이야기를 어떻게 진전시키나?

잡념이 일어난다. 동시에 여의 귀에 들려오는 한 절의 유행
가······.

여는 머리를 들었다. 저편 뒤 어디 잡인들이 온 모양이다. 그
분요가 무의식중에 귀로 들어와서 여의 집중되었던 머리를 헤쳐
놓는다.

귀찮은 가사(歌詞)들이여. 저주받을 가사들이여.

143

이 저주받을 가사들 때문에 중단된 이야기는 좀체 다시 모이지 않았다.

그러나 결말 없는 이야기가 어디 있으랴? 아무튼 결말은 지어야 할 것이 아닌가?

그러면 그 화공은 처녀를 데리고 제 오막살이로 돌아와서 용궁 이야기를 들려주면서 그 동안에 처녀의 얼굴을 그대로 그려서 십 년래의 숙망을 성취하였다는 결말로 맺어 버릴까?

그러나 이런 싱거운 결말이 어디 있으랴? 결말이 되기는 되었지만 이 따위 결말을 짓기 위하여 그런 서두는 무의미한 자다.

그러면?

그럼 다르게 결말을 맺어 볼까?

화공은 처녀를 제 오막살이로 데리고 돌아왔다. 그리고 처녀에게 용궁 이야기를 들려주었다. 그러나 아까 용궁 이야기로 초벌 들은 처녀는 이번은 그렇듯 큰 감흥도 느끼지 않는 모양으로 그다지 신통한 표정도 보이지 않았다. 화공의 계획은 수포로 돌아갔다. 화공은 그 그림을 영 미완품인 채로 남기지 않을 수 없었다.

역시 마음에 들지 않는 결말이다.

그럼 또다시…….

화공은 처녀를 데리고 돌아왔다. 돌아와서 처녀를 보면 볼수록 탐스러워서 그림은 집어던지고 처녀를 아내로 삼아 버렸다. 앞을 못 보는 처녀는 이 추하게 생긴 화공에게는 아무 불만이 없이 일

생을 즐겁게 보냈다. 그럼으로나 아내를 얻으려던 화공은 절세의
미녀를 아내로 얻게 되었다.

역시 불만이다.

귀찮고 성가시다. 저주받을 유행 가사(流行歌詞)여.

여는 일어났다. 감흥을 잃은 이 자리에 그냥 앉아 있기가 싫었
다. 그냥 들리는 유행가. 그것이 안 들리는 곳으로 자리를 옮기
자.

굽어보매 저 멀리 소나무 틈으로 한 줄기 번득이는 것은 아까의
샘물이다. 그 샘물로, 가장 이 이야기의 원천(源泉)이 된 그 샘으
로 내려가자.

벼랑을 내려가기는 올라가기보다 더 힘들었다. 올라가는 것은
올라가다가 실수하여 떨어지면 과즉 제자리에 내린다. 그러나 내
려가다가 발을 실수하면 어디까지 굴러갈지 예측할 길이 없다.
잘못하다가는 청운동(靑雲洞) 어귀까지 굴러갈는지도 모를 일이
다. 게다가 올라갈 때에는 도움이 되던 스틱조차 내려갈 때는 귀
찮기 짝이 없다.

반각이나 걸려서 여는 드디어 그 샘가에 도달하였다. 샘가에는
과연 한 개의 바위가, 사람 하나 앉기 좋을 만한 자리가 있다. 이
바위가 화공이 쌀 씻던 바위일까? 처녀가 앉아서 공상하던 바위
일까? 그 아래를 깊은 남벽(藍碧)으로 알았더니 겨우 한 뼘 미만

의 얕은 물로서 바위 위를 기운 없이 뚤뚤 흐르고 있다.

그러나 이 골짜기는 고요하기 짝이 없었다. 바람소리도 멀리 위에서만 들린다. 그리고 소나무와 바위에 둘러싸여서 꽤 음침한 이 골짜기는 옛날 세상을 피한 화공이 즐겨하였음직하다.

자, 그러면 이 골짜기에서 아까 그 이야기의 꼬리를 마저 지을까?

화공은 처녀를 데리고 오막살이로 돌아왔다.

그의 마음은 너무도 긴장되고 또한 기뻐서 저녁도 짓기 싫었다. 들어와 보매 벌써 여러 해를 멀리 달리기를 기다리는 족자의 여인의 몸집조차 흔연히 화공을 맞는 듯하였다.

"자, 거기 앉아라."

수년간 화공을 힐책하던 머리 없는 그림이 화공의 앞에 펴졌다. 단청도 준비되었다.

터질 듯 울렁거리는 마음으로 폭 앞에 자리를 잡은 화공은, 빛이 비치도록 남향하여 처녀를 앉히고 손으로는 붓을 적시며 이야기를 꺼내었다.

벌써 황혼은 이제 얼마 남지 않은 오늘 해로써 숙망을 달하려 하는 것이었다. 십 년 간을 벼르기만 하면서 착수를 못했기 때문에 저축되었던 화공의 힘은 손으로 모였다.

"그러구…… 알겠지?"

눈으로는 처녀의 얼굴을 보며 입으로는 용궁 이야기를 하며 손은 번개같이 붓을 둘렀다.

"용궁에는 여의주(如意珠)라는 구슬이 있구나. 이 여의주라는 구슬은 마음에 있는 바는 다 달할 수 있는 보물로서, 그 구슬을 네 눈 위에 한 번 굴리면 너도 광명한 일월을 보게 된다."

"네? 그런 구슬이 있습니까?"

"있구말구. 네가 내 말을 잘 듣고 있기만 하면 수일 내로 너를 데리고 용궁에 가서 여의주를 빌려서 네 눈도 고쳐 주마."

"그러면 저도 광명한 일월을 볼 수가 있겠습니까?"

"그럼. 광명한 일월, 무지개라는 칠색이 영롱한 기묘한 것, 아름다운 수풀, 유수한 골짜기, 무엇인들 못 보랴!"

"아이구, 어서 그 여의주를 구해서……."

아아, 놀라운 아름다운 표정이었다. 화공은 처녀의 얼굴에 나타나 넘치는 이 놀라운 표정을 하나도 잃지 않고 화폭 위에 옮겼다.

황혼은 어느덧 밤으로 변하였다. 이때는 그림의 여인에게는 단지 눈동자가 그려지지 않을 뿐 그 밖의 것은 죄 완성이 되었다.

동자까지 그리고 싶었다. 그러나 이 그림의 생명을 좌우할 눈동자를 그리기에는 너무도 어두웠다.

눈동자 하나쯤이야 밝은 날로 남겨 둔들 어떠랴. 하여간 십 년 숙망을 겨우 달한 화공의 심사는 무엇에 비기지 못하도록 기뻤다.

"아…… 아……."

이 탄성은 오래 벼르던 일이 끝난 때에 나는 기쁨의 소리였다.

이 일단의 안심과 함께 화공의 마음에는 또 다른 긴장과 정열이 솟아올랐다.

꽤 어두운 가운데서 처녀의 얼굴을 유심히 보기 위하여 화공이 잡은 자리는 처녀의 무릎과 서로 닿을 만치 가까웠다. 그림에 대한 일단의 안심과 함께 화공의 코로 몰려 들어오는 강렬한 처녀의 체취(體臭)와 전신으로 느끼는 처녀의 접근 때문에 화공의 신경은 거의 마비될 듯싶었다. 차차 각 일각 몸까지 떨리기 시작하였다. 어두움 가운데서 황홀스러이 빛나는 처녀의 커다란 눈은, 정열로 들먹거리는 입술은 화공의 정신까지 혼미하게 하였다.

밝은 날, 화공과 소경 처녀의 두 사람은 벌써 남이 아니었다.

"오늘은 동자를 완성시키리라."

삼십 년의 독신 생활을 벗어 버린 화공은 삼십 년간을 혼자 먹던 조반을 소경 처녀와 같이 먹고 다시 그림 폭 앞에 앉았다.

"용궁은?"

기쁨으로 빛나는 처녀의 눈…….

그러나 화공의 심미안(審美眼)에 비친 그 눈은 어제의 눈이 아니었다.

아름답기는 다시 없는 아름다운 눈이었다. 그러나 그 눈은 사내의 사랑을 구하는 '여인의 눈'이었다. 병신이라 수모받던 전생을 벗어 버리고 어젯밤 처음으로 인생의 봄을 맛본 처녀는 이제는 한 개의 지어미의 눈이요, 한 개의 애욕의 눈이었다.

"용궁은?"

"용궁에 어서 가서 여의주를 얻어서 제 눈을 띄워 주세요. 밝은 천지도 천지려니와 당신을 어서 눈뜨고 보고 싶어."

어젯밤 잠자리에서 자기는 스물네 살 난 풍신 좋은 사내라고 자랑한 화공의 말을 그대로 믿는 소경 처녀였다.

"응, 얻어 주지. 그 칠색이 영롱한……."

"그 칠색도 어서 보고 싶어요."

"그래그래, 좌우간 지금 머리로 생각해 보란 말이야."

"네, 참 어서 보고 싶어서……."

굽어보면 무릎 앞의 그림은 어서 한 점 눈동자를 찍어 주기를 기다리고 있다.

그러나 소경의 눈에 나타난 것은 아름답기는 아름다우나 그것은 애욕의 표정에 지나지 못하였다. 그런 눈을 그리려고 십 년을 고심한 것이 아니었다.

"자, 용궁을 생각해 봐!"

"생각이나 하면 뭘 합니까? 어서 이 눈으로 보아야지."

"생각이라도 해 보란 말이야."

"짐작이 가야 생각도 하지요."

"어제 생각하던 대로 생각을 해 봐!"

"네……."

화공은 드디어 역정을 내었다.

"자, 용궁! 용궁!"

"네……."

"용궁을 생각해 봐! 그래 용궁이 어때."

"칠색이 영롱하구요."

"그래, 또?"

"또 황금 기둥, 아니 비단으로 짠 기둥이 있구요, 또 푸른 진주가!"

"푸른 진주가 아냐! 푸른 비취지."

"비취 추녀든가 문이든가?"

"에익! 바보!"

화공은 커다란 양손으로 칵 소경의 어깨를 잡았다. 잡고 흔들었다.

"자, 다시 곰곰이…… 용궁은?"

"용궁은 바다 속에……."

겁에 질려서 어릿거리는 소경의 양에 화공은 손으로 소경의 따귀를 갈기지 않을 수가 없었다.

"바보!"

이런 바보가 어디 있으랴! 보매 그 병신 눈은 깜박일 줄도 모르고 허공을 바라보고 있다. 그 천치 같은 눈을 보매 화공의 노염은 더욱 커졌다. 화공은 양손으로 소경의 멱을 잡았다.

"에이 바보야, 천치야, 병신아!"

생각나는 저주의 말을 연하여 퍼부으면서 소경의 멱을 잡고 흔들었다. 그리고 병신다이 멀겋게 띄운 눈자위에 원망의 빛깔이 나타나는 것을 보고 더욱 힘있게 흔들었다. 흔들다가 화공은 탁 그 손을 놓았다. 소경의 몸이 너무도 무거워졌으므로…….

화공의 손에서 놓인 소경의 몸은 눈을 뒤솟은 채 번뜻 나가넘어 졌다. 넘어지는 서슬에 벼루가 전복되었다. 뒤집어진 벼루에서 튀어난 먹방울이 소경의 얼굴에 덮였다.

깜짝 놀라서 흔들어 보매 소경은 벌써 이 세상의 사람이 아니었 다.

화공은 어찌할 줄을 몰랐다. 망지소조하여 허든거리던 화공은 눈을 뜻없이 자기의 그림 위에 던지다가 악! 소리를 내며 자빠졌 다.

그 그림의 얼굴에는 어느덧 동자가 찍히었다. 자빠졌던 화공이 좀 정신을 가다듬어 가지고 몸을 일으켜서 다시 그림을 보매 두 눈에는 완전히 동자가 그려진 것이었다.

그 동자의 모양이 또한 화공으로 하여금 다시 덜썩 엉덩이를 붙 이게 하였다. 아까 소경 처녀가 화공에게 먹을 잡혔을 때에 그의 얼굴에 나타났던 원망의 눈!

그림의 동자는 완연히 그것이었다.

소경이 넘어지는 서슬에 벼루를 엎는다는 것은 기이할 것도 없 고 벼루가 엎어질 때에 먹방울이 튄다는 것도 기이하달 수도 없 지만, 그 먹방울이 어떻게 그렇게도 기묘하게 떨어졌을까? 먹이 떨어진 동자로부터 먹물이 번진 홍채에 이르기까지 어찌도 그렇 듯 기묘하게 되었을까?

한편에는 송장, 한편에는 화상을 놓고 망연히 앉아 있는 화공의 몸은 스스로 멈출 수 없이 와들와들 떨렸다.

　수일 후부터 한양성 내에는 괴상한 여인의 화상을 들고 음울한 얼굴로 돌아다니는 늙은 광인(狂人) 하나가 생겼다.

　그의 내력을 아는 사람이 없었고, 그의 근본을 아는 사람이 없었다. 그 괴상한 화상을 너무도 소중히 여기므로 사람들이 보고자 하면 그는 기를 써서 보이지 않고 도망하여 버리고 한다.

　이렇게 수년간을 방황하다가 어떤 눈보라치는 날, 돌벼개를 베고 그의 일생을 막음하였다. 죽을 때도 그는 그 족자를 깊이 품에 품고 죽었다.

　늙은 화공이여, 그대의 쓸쓸한 일생을 여는 조상하노라.

　여(余)는 지팡이로써 물을 두어 번 저어 보고 고즈넉이 몸을 일으켰다.

　우러러보매 여름의 석양은 벌써 백악 위에서 춤추고, 이 천고(千古)의 계곡을 산새가 남북으로 난다.

신앙으로

신앙으로

1

"아버지, 나을까요?"

열두 살 난 은희는 아버지의 얼굴을 쳐다보면서 근심스러운 듯이 이렇게 물었다.

"글쎄, 내야 알겠냐. 세상의 만사가 하나님의 오묘하신 이치 가운데서 돼 나가는 게니깐 하나님을 힘입을밖에야 다른 도리가 없지."

아버지도 역시 근심스러운 얼굴로 이렇게 대답했다.

집안은 어두운 기분에 잠겼다. 네 살 난 막내 아들의 위태한 병은 이 집안으로 하여금 웃음과 쾌활을 잊어버린 집안이 되게 하였다.

어린 만수의 병은 처음에는 대수롭지 않은 감기에서 시작되었다. 그 감기는 며칠이 걸리지 않아서 거의 나았다. 그러나 거의 나았을 때에 어린애의 조르는 대로 한 번 밖에 업고 나갔던 것이 큰 실수였다. 만수의 병은 갑자기 더하여졌다. 병은 기관지로 하여 마침내 폐에까지 미쳤다.

온 집안은 힘을 다하여 간호하였다. 소아과(小兒科)의 이름 있는 의사가 하루에 두 번씩 만수의 병을 보러 왔다. 태평양과 인도양을 건너서 온 여러 가지 약이 만수 때문에 조제되었다. 찜, 흡입, 복약, 주사…… 의학의 정교함을 다하여 의사는 만수를 위하여 자기의 지식을 쏟아 놓기를 아끼지 않았다.

그러는 일면 그 집에서는 어린 만수가 쾌차되기를 하나님께 빌기를 또한 잊지 않았다. 아니, 차라리 기도가 첫째고 의학의 정이 버금이 된다고 하고 싶을 만큼 기도에 정성을 다하였다.

"뜻대로 하시옵소서. 그러나 만약 이 어린애를 저의 집안에 그냥 살려 두어 주시는 것이 아버님의 뜻에 과히 거슬리지 않거든 아버님의 이 충성된 종을 위하여……."

그들은 이렇게 기도하였다.

그 가운데서도 은희의 정성과 기도는 가장 컸다. 세상의 많은 누이들이 이런 어린 동생에게 가지는 가장 큰 사랑을 만수에게 가지고 있는 은희는 몸부림까지 쳐 가면서 기도하였다.

"아버지, 만수를 살려 주세요. 무슨 죄가 있습니까. 아직 말도 변변히 못하는 어린애가 무슨 죄를 지었길래 벌써 데려가시렵니까. 낫게 해주세요. 죽고 사는 것은 아버지께 달렸습니다."

은희는 마치 억지쓰듯 이렇게 기도하곤 하였다.

그러나 정성을 다한 기도도, 의학의 정교도 자연의 힘에 비기건 대 아무것도 아니었습니다. 만수의 병은 나날이 —— 아니 각각으로 더하여 갔다.

기운이 진하여 울지도 못하는 어린애가 답답한 듯이 입맛을 연하여 다시며, 조금의 시원함이라도 보려고 연방 손을 휘젓는 양이며 쌕쌕거리는 숨소리는 과연 듣기 힘든 것이었다. 아버지와 어머니는 어린애가 안타까워서 혜적일 때마다 차마 보지 못하겠다는 듯이 머리를 돌이키고 하였다. 한숨조차 쉬지 못하였다.

그러나 은희는 잠시도 그에게서 눈을 떼지를 않았다. 자기가 머리를 돌이킨 뒤에 어린애가 죽어 버리면 어쩌나 하는 근심은, 그로 하여금 눈을 잠시도 어린애에게서 떼지 못하게 하였다. 속으로 하나님께 걱정의 기도를 드리면서도, 그의 눈은 어린 동생에게 향하여 있었다.

"구하는 자에게는 주시며……."

성경의 이 한 구절은, 성경 전체의 다른 많은 구절 가운데서 가장 귀한 구절로 은희에게는 보였다.

"구하고 주시니……."

"아버님, 만수를 살려 주세요. 꼭 아버님께 한 죽음이 쓸 데 있으면 저를 불러 가세요. 저는 죄를 많이 지었습니다. 죽어도 쌉니다. 그러나 만수야 무슨 죄가 있습니까. 꼭 낫게 해주세요. 구하

156

면 주시는 아버님이시여!"

아직 남을 의심할 줄을 모르는 소녀는 정성과 믿음을 다하여 어린 동생을 위하여 기도하였다.

2

어린애의 목숨은 마침내 의사도 내던졌다. 과학과 숫자로 짜내어, 어린 만수의 목숨은 이제는 어떠한 힘으로라도 구할 수가 없다고 단안을 내렸다.

그러나 은희는 그 말을 믿지를 않았다. 그 말의 뜻조차 알 수가 없었다.

"믿음은 태산이라도 움직이느니라."

"구하는 자에게는 주시며……."

이러한 성경 구절은, 이이는 사와, 삼삼은 구보다도 은희에게는 더 정확하고 믿음직한 말이었다. 믿음은 가장 크다. 그 믿음으로서 어린애가 쾌복되기를 하나님께 구하는 이상에야 왜 쾌복이 안 되랴? 만수의 병은 쾌복된다. 만수는 가까운 장래에 다시 자기의 손에 끌려서 눈깔사탕을 사 먹으러 거리에 나간다. 의사? 의사의 말이 무에냐. 하나님의 오묘하신 예산을 의산들 어찌하랴. 은희는 더욱 정성을 다하여 하나님께 기도를 하였다.

더구나 그의 아버지가 하는 기도에,

"아버님이시여, 어린애의 영혼을 아버님 나라로 보내오니 받으시옵소서."

하는 말에는 은희는 기도고 무에고 내던지고, 아버지의 무릎 위에 몸을 쓰러뜨렸다. 그리고 안타까운 듯이 발버둥을 쳤다. 왜 만수를 살려 달라 기도드리지 않고, 영혼을 받아 달라고 기도드리느냐는 것이 은희의 발버둥치는 까닭이었다.

아버지는 은희의 머리를 쓸어 주었다.

"그럼 구하는 자에게는 주시지…… 구하는 자에게는 주시지만……."

아버지는 이뿐, 입을 닫았다. 그리고 한참 은희의 머리만 쓸어 주다가 다시 입을 열었다.

"주시기는 하지만 이미 억만 년 전부터 작정하신 일이야. 우리 소소한 인생들이 구한다고 어떻게 주시겠느냐. 우리는 정성껏 억지나 써 보고, 주시고 안 주시는 것은 하나님께 달렸느니라."

아버지는 한숨과 함께 이렇게 말하였다.

그러나 이 말은 은희에게는 알아듣지 못할 말이었었다. 어른에게는 어른의 지식과 판단과 이론이 있는 것과 같이 어린애에게는 어린애로서의 지식과 판단과 이론이 있었다. 만약 아버지의 말이 옳다 할진대 성경에,

'구하는 자에게는 경우에 따라서 주시기도 하느니라.'

고 하지 않으면 안 될 것이었었다. 반드시 주실 것이기에 주시마 했지, 경우에 따라서야 주실 것이면 성경에 그렇게는 쓰여 있지

않으리라는 것이 은희의 이론이었었다.

그러나 이 은희의 이론을 무시하고 어린애는 저녁에 마침내 죽었다. 집안이 둘러앉아서 어린애의 영혼을 위하여 기도하는 가운데서, 어린애는 마침내 이 세상을 버렸다.

그날 밤 은희가 정신을 못 차리고 울리라는 부모의 예기에 반하여, 은희는 울지 않았다. 하얀 헝겊을 덮어 놓은 어린애의 시체의 머리맡에 꼭 붙어 앉아서, 은희는 눈도 깜빡 않고 있었다.

신앙으로

울음은커녕 한숨조차 쉬지 않았다.

'구해도 안 주신다.'

그는 이런 생각을 하고 있었다.

"이전 수고도 했다. 며칠을 못 자더니 오늘은 좀 자라."

어머니가 이렇게 말할 때에도 은희는 못 들은 듯이 그냥 앉아 있었다. 만수와 함께 세상의 광명의 전부를 한꺼번에 잃어버린 그에게 졸음이 올 리가 만무하였다. 그의 입술과 혀는 바짝바짝 말랐다. 콧속이 꺽꺽 붙었다.

이튿날 장례를 따라갈 때에도 그는 눈물 한 방울을 흘리지 않았다. 말도 한 마디도 안하였다.

'구하라. 그러면 주시리니.'

허공과 같이 된 그의 머리에는 아무 실마리 없이 때때로 이 성경 구절이 휙 하니 지나가곤 하였다. 그러나 그뿐, 그 생각에는 앞도 없고 꼬리도 없었다.

3

만수를 잃은 뒤에도 은희의 집안의 생활은 그다지 변화가 없었다. 학교에 갔다가 돌아와서는 혹은 놀고 혹은 공부하고 수요일의 저녁과 일요일은 예배당에를 출석하고…… 이러한 그의 생활의 프로그램에는 아무 변동도 안 생겼다.

그러나 사랑하는 동생 만수의 죽음이, 어린 은희의 마음에 영향된 그 그림자는 컸다. 아직껏 남을 의심할 줄을 모르던 은희의 마음에는 이때 비로소 의심의 종자가 뿌려졌다.

의심은 지식의 근원이라고 옛날 철인(哲人)이 우리에게 가르쳤다. 온갖 사물을 정면으로 받아서 그냥 들어삼키던 은희는 만수의 죽음에서 처음으로 모든 것의 뒤에는 저것이 있다는 것을 무의식중에 깨달았다. 물론 이러한 생각이 그의 머리에 명확히 들어박힌 바는 아니었다. 그러나 은연중 그는 온갖 사물과 이야기를 들어삼키기 전에, 그것을 씹어 보는 방법을 배웠다. 그리고 그것이 어느덧 그의 버릇으로까지 되었다.

예배당에도 여전히 다녔다. 사경회에도 다녔다. 새벽 부흥회에도 어린 눈을 비비며 다녔다. 식전 식후와 잠자리 전후와 출입 전후에 드리는 기도도 역시 여전하였다. 그리고 자기로서도 신앙에 대한 흔들림이 생긴 줄은 뜻도 안하였다.

"아버님께서 이런 맛있는 음식을 주시니 고맙게 먹겠습니다."

"오늘 하루를 아버님의 은총 중에 무사히 지낸 것을 감사하오며, 이 밤도 또한 넓으신 사랑 가운데 편히 쉬게 하여 주시기를 바라옵나이다."

이러한 기도를 때를 갈라서 정성껏 드렸다.

그러나 만수의 죽음에서 생겨난 어린 마음에 받은 바의 커다란 상처와, 그 상처의 산물인 회의는, 그의 마음에서 그도 모르는 틈에 점점 성장하였다. 습관에 의지한 그의 종교 의식적 생활과는 독립하여, 그의 마음의 한편에서는 그와 반대되는 마음이 차차 자랐다.

신앙으로

"예수를 믿으세요. 예수를 안 믿으면 지옥에 갑니다. 천당에 가려거든 예수를 믿으세요."

전도회 때마다 길에 지나다니는 사람들을 붙들고 맑은 눈을 치뜨고 이렇게 전도하는 자기의 마음에 신앙에 대한 흔들림이 생겼다고 누가 은희에게 들려주는 사람이 있으면, 은희는 오히려 그 사람을 미친 사람으로밖에는 볼 수가 없을 것이었었다. 그러나 그러한 가운데서도 신앙에 대한 회의는 점점 더 커 갔다.

그것은 만수가 죽은 지 이태 뒤의 일이었다. 은희와 같은 조(組)에 다니던 생도 하나가 병이 위독하였다. 보름을 상학(上學)을 못한 뒤에 마침내 학교에 이제는 살아갈 가망이 없다는 기별이 왔다.

선생의 인솔 아래 그 조(組) 생도들은 모두 병든 벗을 위문키 위하여 그 생도의 집으로 찾아왔다. 야위고 야윈 그 생도는 많은 동무들이 온 것도 모르는지, 앓는 소리도 못 내고 눈을 감은 채로 숨만 허덕이고 있었다. 이불의 들썩거리는 푼수로 보아서 여윈 가슴의 들먹거리는 모양을 짐작할 수가 있었다.

선생의 지휘 아래 위문 온 애들은 앓는 동창의 위독한 목숨을 구하여 달라 엎드려 하나님께 기도를 드렸다. 생도들은 거의 다 흐득흐득 느껴 울었다. 소리를 내어 우는 생도까지 있었다. 그것은 과연 비창(悲愴)하고도 경건한 시간이었다.

종교적 정열과 소녀로서의 감정에 들뜬 생도들은, 그 집에서 나오면서 모든 경건한 마음 가운데서, 우리가 이만큼 정성을 다하여 기도하였으면, 그 애의 병도 좀 나으리라고 수군들거렸다.

그러나 은희만은 그 말에 참견치 않았다. 아까 기도할 때에도 그는 머리를 수그렸으나 눈은 말똥말똥 뜨고 있었다.

"구하는 자에게는 주시리니……."

이러한 가운데서 그는 이태 전의 일을 다시금 머리에서 꺼내 보았다.

4

은희는 보통학교를 마치고 고등학교로 갔다.

과학적 지식의 진보는 종교적 정열의 소멸을 뜻함이었다. 삼에 삼을 가하면 육일 것이다. 삼에서 삼을 감하면 영일 것이다. 삼을 삼 곱하면 구일 것이다. 삼을 삼분하면 일일 것이다. 이 원칙에 어그러지는 일은 지식으로서 받아들일 수는 도저히 없었다. 더구나 어렸을 때에 벌써 회의(懷疑)라 하는 문을 열고 들어선 은희는, 감정적으로보다 오히려 이지(理智)적으로 발달된 처녀이었다.

그의 표면적 의식적 생활에는 여전히 커다란 변동은 없었다. 소녀기로 들어선 그 변화에서 생긴 변동은 있었으나, 눈에 나타날 만한 변동은 없었다.

그는 교회의 찬양대에 들었다. 아직 채 피지도 못한 소녀로서의 까무퇴퇴한 은희의 얼굴은 예쁘지는 못하였다. 웃을 때에는 입이 몹시 넓었다. 좌우 입가에는 웃을 때마다 커다란 주름이 몇 개씩 보였다. 턱과 목에도 살이 올라붙지 않았다. 어깨에도 뼈의 그림자가 적삼 위까지 두드러졌다.

그러나 그의 눈만은 놀랄 만큼 맑고 크고 광채가 있었다. 그 위에 장식된 눈썹도 검고 예뻤다. 목소리는(누가 캘리쿨치라고 별명을 지었을 만큼) 아름다웠다. 그리고 이 아름다운 눈과 목소리는 찬양대의 가장 나이 어린 은희로 하여금 가장 남의 눈에 뜨이게 하였다.

찬양대에 든 뒤부터는 예배당에 다니는 재미가 더하여졌다. 매일요일이 몹시도 기다려졌다. 그리고 일요일마다 어머니가 내어 주는 새옷을 입은 뒤에 예배당에 가서, 꾀꼬리와 같은 목소리를 돋우어서 찬양대의 찬양을 더욱 아름답게 하는 재미는, 여간한 다른 재미와는 비교하지 못할 것이었다.

더구나 학교 주최로서 종교에 대한 웅변회가 열렸을 때에, 은희는 종교 신앙에 대하여 열변을 토하였다. 종교 신앙을 가지지 못한 사람의 마음의 불안과, 신앙에서 받은 바의 안심에 대하여 그는 까무퇴퇴한 이마에 핏줄을 일어세워 가지고 열변을 토하였다. 그리고 각색 종교 가운데 예수교가 가지고 있는 지위와 가치를 논하였다.

"장래의 큰 일꾼."

"하나님의 귀한 기둥."

교역자들은 그의 머리를 쓰다듬어 주며 은희를 이렇게 칭찬하였다. 그리고 그의 장래를 많이 촉망하였다.

그러나 이때는 은희는 예수에게 대한 신앙은 온전히 잃었을 뿐 아니라, 의식으로도 자기가 예수교의 신앙에 흔들림이 생긴 것을 깨닫기 시작한 때였다. 예수교를 반대하는 사람들 앞에서는 그의 목에 핏줄을 세워 가지고 예수교를 변호하였다. 반대하는 사람의 반대 이유를 깨뜨려 버리기 위해, 그는 미약하나마 자기 머리에 들어앉은 과학 지식의 전부를 다 썼다. 그러나 예수교를 칭찬하는 노파들 앞에서는 또한 노골적으로 예수의 결점을 들추어내기를 결코 주저치 않았다. 그리고 어려서부터 예수교의 품안에서 생장(生長)한 은희는 과학적 해부안(解剖眼)과 비판력이 생기기만 하면, 그 결점을 드러내기에는 가장 적당한 사람에 다름없었다.

역시 종교를 배경으로 한 학교에 다녔다. 역시 예배당에 다녔다. 찬양대의 화형대원(花形隊員)이었었다. 유년 주일학교의 선생이었었다. 전도대로 나서면 그 상쾌하고 똑똑한 변설(辯舌)로 가장 새로 믿는 자를 많이 끌어오는 일꾼이었었다. 그러한 은희는 교회에서는 가장 사랑받는 처녀의 한 사람이었었다. 그러나 그의 마음에만은 예수에 대한 신앙의 정열은 하나도 없어졌다. 그의 하는 모든 종교 의식은 흥미 —— 흥미로써 설명이 안 된다면, 다만 전부터 하여 오던 일이매 그냥 계속하여 행하는 데 지나지 못하였다.

'구하는 자에게는 주어?'

여기 대한 분노는 지금은 한낱 비웃음으로 도수가 낮아는 졌지만, 낮아진 도수는 종교에 대한 정열과 상쇄(相殺)된 분량에 다름 없었다.

5

은희의 나이가 열여덟이 되었다.

까무퇴퇴하던 그의 살빛은 부옇고 희게 빛났다. 웃을 때에 생기던 입가의 주름 대신으로 왼편 볼에는 예쁘다랗게 우물이 생겼다. 턱을 달걀같이 장식한 그의 살은 목까지 넘어가서 목의 윤곽을 아름답게 하고, 어깨를 둥그렇게 하였다. 거기 맑고 광채 나는 두 눈은 시꺼먼 눈썹 아래서 그의 얼굴을 더욱 화려하게 꾸미었다.

그 해 봄, 그는 고등학교를 끝내고 그 학교 음악과로 들어갔다.

예쁜 가운데도 그래도 좀 갈린 듯한 고음(高音)이 섞여 있던 그의 목소리는 이제는 원숙하여졌다. 음악과 가운데에서도 그는 가장 아름다운 목소리의 주인이었었다.

이 해를 중축삼아 가지고 그의 마음에는 커다란 변동이 생겼다. 원숙한 처녀의 마음은 누구든 숭배하고 존경할 대상을 요구하였다. 자기로서는 그 까닭을 알지 못하였지만, 은희는 때때로 예고 없이 자기를 엄습하는 감정의 물결에 위압되어, 책상에 기대고 운 적이 많았다. 앉을 둥 말 둥, 자기의 몸과 행동을 지배할 판단을 얻지 못하여 마음이 뒤숭숭하여지는 때도 흔히 있었다. 밤중에 밝은 전등 아래서 거울과 마주 앉아서 기껏 핀 자기 얼굴을 들여다볼 때는, 이 뜻없고 흥미 없이 지나가려는 청춘 때문에, 마음으로 발을 동동 구른 때가 여러 번 있었다.

그러나 마음의 경건함은 조금도 줄지를 않았다. 때때로 이름만은 아는 ── 혹은 알지도 못하는 사내에게서 편지를 받은 일이 있었다. 그러한 편지를, 그는 속은 펴 보지도 않고 그냥 불살라 버렸다. 편지를 보냈음직한 사내를 길에서 혹은 예배당에서 볼 때에는 얼굴에 탁 침이라도 뱉어 주고 싶었다. 이러한 천박한 행동에 대한 경멸감은 비록 종교의 신앙을 잃었다 하나 경건함을 자랑하는 은희에게는 타기(打棄)할 일에 다름없었다. 잔양대에 나서서 찬송을 할 때에도 한 번도 남자 쪽을 곁눈질도 해 보지 않았다.

"구하기 쉽잖은 처녀."

은희의 이름은 이러한 명색 아래서 차차 더 높아 갔다.

그 해 크리스마스에 그 학교에서는 종교극을 하였다. 은희는 성모 마리아로 분장하였다.

그것은 거룩하고도 엄숙한 장면이었다. 예수는 세상 사람의 죄악을 대신하여 십자가에 못박혀서 세상을 떠났다. 그 십자가 아래, 성모 마리아는 사랑하는 아드님의 최후를 통곡하였다. 비록 예수의 죽음은 커다란 의(義)에서 나온 일이라 하되 마리아의 견지로 보면, 그것은 다만 사랑하는 아들의 죽음이라는 것밖에는 아무 뜻도 없었다. 사랑하는 아들의 비참한 최후에 마리아는 목을 놓아서 통곡하였다.

관중도 눈물을 머금었다. 그것은 성극(聖劇)이 아니요, 인정극이랄 수가 있는 장면이었다. 이 장면을 할 때에 은희는 스스로 감격되어(연극이 아니요) 정말로 목을 놓아 처울었다. 이날을 기화로 은희의 마음은 뒤집어 놓은 듯이 변하였다.

그는 찬양대원의 자리를 사임하였다. 유년 주일학교의 교사라는 명목도 집어던졌다. 이러한 경박한 혹은 한낱 의식에 지나지 못하는 명색들을 집어치우고, 한 개의 진실한 교인이 되고자 한 것이었다.

예수의 비참한 희생은 그의 마음을 움직인 것이었었다. 다른 온갖 것을 보지 않더라도 세상을 위하여 자기의 목숨을 바쳤다 하는 것은 처녀 은희의 마음을 움직이기에 넉넉하였다. 몸소 성모 마리아로 분장을 하고 그 비통한 장면을 실연할 때에, 그때에 받은 감격은 그로 하여금 예수의 다시 보지 못할 커다란 희생에 대한 존경과 애모의 열을 솟아나게 한 것이었었다.

"예수시여……."

때때로 몸을 고민하듯이 떨며 하소연하는 자기를 그는 발견하게 되었다.

6

그 뒤부터는 은희는 눈에 뜨이는 새로운 성화(聖畵)는 할 수 있는 대로 구해다가 자기 방에 장식하였다. 성모의 품에 안긴 예수, 열두 살 때에 학자들과 지식을 다루는 예수, 제자들을 가르치는 예수, 십자가를 진 예수, 가시관을 쓴 예수, 십자가 위에 달린 예수, 승천하는 예수…… 가지각색의 크고 작은 성화는 그의 방 사벽에 장식되었다.

그는 할머니 같아졌다. 그와 동갑네의 처녀들이 멋을 부리느라고 예배당에를 다니고 찬양대에 들고 전도대에 다닐 동안, 그는 예배당 한편 구석 어둑어둑한 곳에 박혀서, 떨리는 듯한 경건한 마음으로 묵도를 하고 있었다. 부활제에 새벽 찬송을 하러 돌아다니자는 권고도 단연히 거절하여 버렸다. 그러한 모든 유흥 기분이 섞인 행동을 그는 독신(瀆神)으로 보았다.

처녀의 온 정열을 예수에게 바친 은희는 세상사는 매우 무심하였다. 연애를 하느라고 울며불며 하는 동무를 대단한 경멸감으로써 내려다보는 은희였었다.

"은희는 꼭 올드 미스같어."

친구들이 이렇게 놀리는 말도 은희는 코웃음으로 들을 수가 있었다.

한때 청춘의 은희에게 일어났던 떨리는 듯한 괴상한 감정은, 그의 마음에 예수에 대한 애모의 염이 일기 시작한 뒤부터는 어느덧 사라져 없어졌다. 그리고 그때의 그 정열은 죄다 예수에게 부어졌다.

"예수시여……."

그는 때때로 몸을 고민하듯이 떨면서, 예수의 존영을 쳐다보며 이렇게 하소연하였다. 어떤 날 저녁이었다. 밤 기도회에서 좀 늦게 돌아온 은희는 책상귀에 의지하고 앉았다. 그의 꼭 눈 맞은편에 다 빈치의 소화(疎畵)인 예수의 존영의 사진판이 걸려 있었다. 그것은 예수의 다른 존영과 달리 수염이 없는 존영이었다. 좀 머리를 한편으로 갸웃하고, 눈을 감고, 얼굴에는 고민하는 표정이 나타나 있는 것을 그린 존영으로서, 표정의 위재(偉才) 다 빈치의 붓끝으로 된 만큼, 고민하는 가운데서도 온화함과 사랑에 넘치는 얼굴은 넉넉히 알아볼 수가 있었다. 그리고 그 존영은 은희가 가

신앙으로

169

장 좋아하는 예수의 화상이었었다.

　은희는 책상귀에 의지하고 앉아서 그 존영을 바라보고 있었다. 깊은 밤 고요한 데서 바라보는 존영은, 다른 때에 보는 것과도 그 받는 감명이 달랐다. 한참을 정신없이 바라볼 동안, 그림의 예수의 눈이 조금 벌려졌다. 그리고 그 조금 벌려진 틈으로 눈동자를 천천히 굴려서 은희를 바라보았다.

　은희는 몸을 떨었다. 그의 눈은 미칠 듯이 광채가 났다. 얼굴에는 차차 피가 떠오르기 시작하였다. 숨소리조차 차차 높아 갔다.

　"예수시여……."

　은희가 펄떡 정신을 차린 때는, 그는 어느덧 그 존영을 끌어다가 뺨에 대고 정신없이 그 존영에다가 자기의 '처녀의 부드러운 뺨'을 비비고 있던 것이었다.

　그는 자기가 방금 행한 독신의 죄를 뉘우칠 여유도 없었다. 자기가 한 행동이 어떤 것인지 살펴볼 여유조차 없었다. 펄떡 정신을 차리는 순간 그는 그 자리에 쓰러져서 처녀의 북받쳐 오르는 정열을 울었다. 울고 또 울었다.

7

　은희는 스무 살 나는 해 봄에 결혼하였다.

　그의 남편 되는 사람은 역시 예수교의 어떤 교역자의 아들이었다. 나이는 스물여덟, 은희와는 두 번째의 결혼.

은희의 정열은 자기 앞에 나타난 이 이성의 위에 마침내 맹렬하게 불붙어 올랐다. 그의 앞에는 처음으로 정당히 사랑할 사람이 나타난 셈이었었다.

신혼의 생활은 꿈과 같았다. 남편은 아내를 사랑하였다. 아내는 남편을 사랑하였다. 그리고 두 사람은 한결같이 그리스도를 믿고 힘입었다. 수요일 저녁과 일요일마다 새로운 부처는 팔을 걸고 예배당에 다녔다. 그리고 돌아올 때마다 예수의 넓은 덕을 칭송하였다.

신앙으로

신혼한 색시의 방에도, 처녀 시절에 자기 방에 장식하였던 그리스도의 존영을 장식하는 것을 은희는 결코 잊지 않았다. 그리고 이로써 남편과 자기의 사이의 의사가 더욱 소통되는 듯이 여기고 있었다. 같은 신자로서 같은 사람을 존경하고 사모하는 것은 그들로 하여금 더욱 밀접히 하는 돌쩌귀가 될 것이므로…….

그러나 혼인한 지 얼마 뒤에 어떤 날 어디 나갔다가 돌아온 은희는 방 담벽에서 다 빈치의 그리스도의 존영을 발견하고, 그것을 들여다볼 동안, 그 존영이 몹시도 낯설어진 데 오히려 놀랐다. 동시에 그는 처녀 시절에는 매일 무시로 바라보고 사모하던 그 존영을, 이즈음 두 달이나 거의 한 번도 살펴보지 못한 것을 경이에 가까운 마음으로 기억에 일으키지 않을 수가 없었다. 거기서 생겨나는 외로움조차 느꼈다.

그날 밤, 그의 남편은 무슨 일로 좀 늦게 돌아오게 되었다.

그 조용한 틈을 타서 은희는 다 빈치의 예수의 존영을 내리어서 전등 가까운 데 갖다가 걸었다. 그리고 그 앞에 앉아서 그 그림을 바라보았다. 처녀 시절에 그 그림으로 말미암아 생겨나던 정열을 한 번 다시 느껴 보고, 그 감격에 다시 한 번 잠겨 보고자 한 것이었다. 아무리 그리스도에 대한 경애의 염은 사라지지 않았다 하나, 은희는 결혼한 이래로 아직 한 번도 예전 처녀 시절에 맛보던 것만한 정열과 애경을 그리스도에게 느껴 본 적이 없었던 것이었다. 그러나 예수의 존영에 눈을 던졌던 은희는, 그 던졌던 눈을 곧 다시 다른 데로 옮기지 않을 수가 없었다. 눈은 감고 있다 하나 수염도 없고 아주 예쁘장스런 사내의 고민하는 얼굴과 온화한 표정은 인처(人妻)인 은희로서는 정면으로 바라볼 수가 없었다. 그리스도의 예쁘장한 화상을 바라보고, 거기에 대하여 괴상한 감정이 북받치려 할 때에, 은희의 마음에 물건의 그림자와 같이 움직인 것은 그의 남편이었었다. 그리고 화상의 그리스도는 그때의 은희의 눈에는 성자도 아니요, 신도 아니요, 한 개의 미남자에 지나지 못하였다.

그는 남편에게 대하여 큰 죄를 범한 듯이, 그리스도의 존영을 내리어서 곧 책상 위에 엎어 놓고 말았다.

이튿날은 다 빈치의 예수의 존영이 들었던 비단 사진틀에는, 은희의 손으로 은희의 남편의 사진이 들어갔다. 그리스도의 존영은 책갈피에 끼어서 책상 속으로 들어갔다.

책상 위에 놓인 남편의 사진을 바라볼 때에, 은희는 이진 처녀

172

시절에 예수의 화상을 바라볼 때에 느낀 바 감정과 근사한 감정을 느꼈다.

　그 뒤 어떤 일요일날 은희는 예배당에서 문득 아무 까닭 없이, 공중에서 흐느적거리는 다 빈치의 그리스도의 화상을 보았다. 은희는 머리를 힘있게 저어서 그 그림자를 머리에서 지워 버리려 하였다. 그러나 지우려면 지우렬수록 그 그림자는 더욱 분명히 보였다. 예쁘장하게 닫힌 입과, 온화하게 감긴 눈은 고민하는 듯한 얼굴을 배경으로 더욱 분명히 은희의 눈에 보였다. 은희는 예배를 끝내지도 않고 그만 집으로 돌아오고 말았다.

신
앙
으
로

8

　그 뒤에도 예배당에 갈 때마다 은희는 그리스도의 화상을 공중에서 보았다.

　예쁘장스런 사내의 화상……. 남편에 대한 애정과 의무는, 은희로 하여금 남편이 아닌 예쁘장한 사내를 화상으로나마 바라보는 것을 용서할 수가 없었다. 은희는 마침내 그 불유쾌한 일을 피하기 위하여 예배당을 그만두었다.

　"예배당에 안 가려우?"

　그 일요일날, 예배당에 갈 차림을 하지 않고 앉아 있는 아내에게 남편은 이렇게 물었다.

"머리가 좀 아파서요."

아내는 흘리는 애교를 담아 가지고 남편을 쳐다보며 이렇게 대답하였다.

그의 남편으로서 만약 독신자(篤信者)일 것 같으면 이 자리에서 당장에 아내를 꾸짖어서 예배당에 가도록 하지 않으면 안 될 것이었다. 그러나 남편 역시 아내가 안 가겠다는 것을 다행인 듯이, 자기도 번듯 그 자리에 넘어졌다.

"나도 머리가 횡뎅하군. 오늘 하루 예배당을 그만둘까?"

이러고는 아내의 의견을 요구하는 듯이 아내를 바라보았다. 아내는 미소로써 응하였다.

그 다음 일요일도 아내는 머리가 아프고, 남편은 머리가 횡뎅하였다. 그리고 일요일마다 까닭 없이 예고 없이 쏘고 횡뎅해지는 그들의 머리는, 그 뒤에는 늘 일요일만 되면 발병되고 하였다.

이리하여 은희의 신앙에는 마침내 최후 결단이 난 것이었었다.

"은희, 왜 예배당에 부지런히 안 다니나?"

"누님, 이즈음 왜 게으르시우?"

교역자들에게 이런 말을 들을 때마다 은희는,

"살림살이를 하자니깐 참 바빠서 자연히 게으르게 돼요. 가야겠다 생각은 하면서도……."

하면서 얼굴을 붉히며 웃었다. 그러나 그런 때마다 처녀 시절에 제 온 정성을 바치던, 예쁘장스런 그리스도의 화상이 눈앞에 어릿거려서, 그로 하여금 그 그림자를 시우기 위하여 머리를 젓게

하는 것이었었다. 그리고 그런 때마다 그리스도의 화상 뒤로는
그의 남편의 그림자가 나타나서 은희의 정조적 양심(貞操的良心)
을 움직이게 하는 것이었었다.

"살림살이가 아무리 바빠도 예배당에는 빠지지 않고 다녀야지,
게으르면 되나?"

교역자들이 은희의 말을 무시하여 버리고 이렇게 다시 권할 때
는, 은희는 그 교역자들을 어서 돌려보내기 위하여 이 다음 주일
부터는 꼭 다니겠노라고 맹세를 하는 것이었었다.

그러나 그 다음 주일이 되면 은희의 머리는 또 아팠다.

남편의 머리는 또 휑뎅하였다.

어떤 때는 은희의 머리가 아프기 전에 남편의 머리가 먼저 휑뎅
해지는 때도 있었다.

"우리, 집에서라도 예배 봅시다."

그래도 미안스러운지 아내는 비교적 엄숙한 얼굴로 남편에게
이런 말을 하였다.

"그럽시다."

남편도 귀찮은 듯이 대답하고 아내와 마주 앉고 하였다. 그러나
급기야 예배를 시작한 뒤에는 단둘이 빽빽 소리를 지르며 찬미를
하는 것이 우스워서, 누구든 한 사람이 픽 하니 웃어 버리는 것이
었었다. 그런 뒤에는 예배고 무엇이고 내어던지고, 두 사람은 허
리를 두드리며 웃는 것이었었다.

9

결혼한 지 일 년 반이 지나서 은희는 첫아이를 낳았다. 그것은 밀동자와 같이 매끈한 아들이었었다. 비교적 미남자로 생긴 은희의 남편을 닮아서 갓난애는 살결이 희고 눈정이 맑았다.

한 사람의 속에 발휘할 애정의 분량이 얼마씩이나 들었는지 그것은 알 수 없다. 은희는 아직껏 자기의 속에 있는 바의 애정의 전부를 제 남편 위에 부은 줄만 믿고 있었다. 그러나 그의 몸에서 나온 이 고깃덩이 위에, 은희의 애정은 또다시 한량없이 부어졌다. 남편에게 대한 애정은 조금도 줄지 않았는데도, 어디서 생겨난 애정인지 이 새로운 고깃덩이 위에 또 부을 수가 있었다.

한 달 된 어린아이는 한 달 된 만큼 사랑스러웠다. 두 달 된 어린아이는 두 달 된 만큼 사랑스러웠다. 반년이 지난 뒤에는 또한 반년이 지난 만큼 사랑스러웠다. 그 사랑스러울 때마다,

'이보다 더 크면 이젠 재미없으려니.'

하고 근심하여 보았지만, 작으면 작은 이만큼 크면 큰 만큼 어린애는 사랑스러웠다.

여덟 달이 지난 뒤에는 어린애는 지척지척 걸어다니기를 배웠다. 그 어린애의 허리를 띠로 매어 가지고 걸음걸이를 연습시키는 젊은 어머니의 눈에는 천하에 많고 많은 다른 일은 존재할 가치조차 없었다. 이 어린애만이 천하에 유일한 존재였었다. 비록

혼자 있을 때라도 온갖 태도와 옷차림의 단정함을 자랑하던 은희
도, 어린애를 기르기 위해서는 오줌똥 묻은 앞치마를 그냥 입고,
머리를 구수수하게 한 채로, 저고리 고름조차 단정히 매지 못하
고 어린애를 따라다녔다. 어떤 때는 그 꼴을 한 채로 어린애를 따
라서 대문 밖까지 나가 본 적도 있었다.

"이 애가 오늘은 쩌어쩌어 해요. 말 한 마디 더 배워서 인전 야
단났군."

"쩌어? 그게 무슨 말일까?"

"무슨 말이란, 젖이란 말이지."

"옳아! 쩌어라, 그럴 테지."

젊은 부처는 대수롭지 않은 일이라도 어린애의 하는 일이라면
서로 외고 기뻐하고 하였다.

"하나님께서 훌륭한 아들을 주셔서……."

교역자들이 그들 부처를 심방을 왔다가 이런 축사를 드리고 돌
아가면, 돌아간 뒤에는 젊은 남편은 어린애를 끌어다가 어리둥둥
을 하였다.

"하나님이 줘? 내가 만들었지. 여보, 그렇지 않소? 응? 어때?"

"뭐이 또……."

얼굴을 새빨갛게 해 가지고 남편의 말에 대답을 하는 아내는,
남편에게 어린아이를 달라고 손을 내미는 것이었다.

"내 아들 내가 좀 데리고 노는데 왜 달라고 이리 성화야?"

"어째서 당신 아들이란 말이오? 내 아들이지."

"내 아들 아니구?"

"어째서?"

"내가 만들었거든."

"뭐이 또!"

이리하여 젊은 부처는 사랑하는 아들을 가운데 놓고 각시 놀음과 같은 재미있는 살림을 하였다. 예수교의 신앙은 형태만 남았던 것조차 이제는 다 없어졌다.

사랑할 대상을 둘씩이나 가진 그들은, 이제는 그 둘 이외의 다른 곳으로 보낼 사랑을 가지지도 못하였다.

한때 은희의 눈앞에 어릿거려서 은희로 하여금 남편에게 대한 미안을 느끼게 하던 다 빈치의 그리스도의 화상도, 이제는 다시 은희의 눈앞에 나타나지도 않았다. 한 번 무슨 책을 얻노라 책장을 뒤적이다가 거기서 그때의 그 존영을 발견하고, 잃었던 물건을 얻은 듯이 불유쾌와 정열의 교착된 마음으로 은희가 그 존영을 들여다볼 때에도, 그 존영은 은희의 마음에 아무런 감동도 일으키게 하지 못하였다.

그 존영은 은희의 생활과 감정과는 아무 관련이 없는 한 국외의 물건에 지나지 못하였다.

10

'필립(必立)'—— 은희네 부처가 금과 같고 은과 같이 귀히 여기는 아들의 이름은 이것이었었다. 물론 그 이름의 배경에는 예수교가 있고, 이름만으로는 그 아이는 독신자의 자식으로 보겠으나, 필립의 부모는 이때에는 벌써 노골적 무신론자였다.

필립은 나날이 자랐다. 그리고 자라면 자랄수록 예뻐 갔다. 필립이 한 돌이 조금 넘었을 때에는 벌써 성큼성큼 뛰어다녔으며 쉬운 말은 다 하였다.

"파파, 신문."

"맘마, 화장."

이러한 말, 시골 어른도 모를 말까지 알았다. 살결이 희고 뺨에 살이 풍부하고 눈이 어글어글한 필립은 남의 주의까지 몹시 끌어서, 길에서 보는 모르는 사람도 '그놈 잘생겼다.'고 칭찬하곤 하였다. 이러한 가운데서 그의 부모의 득의는 입으로 이를 수가 없었다.

"언제까지나 이렇듯 예쁘고 사랑스러울까?"

은희에게는 이런 걱정이 때때로 났다. 지금 기쁨과 사랑의 절정에 오른 그는, 그 이상 필립이 예뻐질 수는 도저히 없을 것 같이만 생각되었다. 그리고 이젠 더 예뻐질 가능성이 없는 데 대한 막연한 외로움조차 느끼고 그 때문에 때때로 남모르는 한숨까지 쉬었다.

그러나 자식에게 대한 부모의 사랑은 무엇으로도 비길 수가 없었다. 그 뒤에도 필립이 새로 시작하는 온갖 시늉이며 행동에 은희는 이전보다 더욱 예뻐 가는 것을 발견하고 차라리 놀랐다. 한마디씩 배워 가는 노래, 어머니가 새 예쁜 옷이라도 입으면 한사코 그것을 달려들어서 더럽혀 놓고야 마는 사랑스런 심술, 잠자면서 헛소리를 하노라고 입을 들먹거리는 양, 길에서 본 일에 대한 시늉 —— 때때로는 다른 사람이 보면 어린애로서는 바스러진 짓이라고 눈을 찌푸릴 만한 행동까지 은희에게는 사랑스러웠다.

"어디서 주워들었는지, 필립이 아까 〈아리랑〉 타령을 해요. 제법……."

"〈아리랑〉을? 나도 좀 들을걸."

"인제라도 시킵시다그려. 필립아, 너 착하지. 어디 또 한 번 해봐라. 아 —— 리랑, 아 —— 리랑……."

그러면 필립은 어글어글한 눈을 무엇을 생각하는 듯이 치뜨는 것이었었다. 그리고 한참 동안 벼르다가 노래를 시작하는 것이었었다.

"나를 버리고 가시는 님은 십 리도 못 가서 발병 난다."

하하하하! 커다란 만족과 웃음의 가운데서, 남편은 필립을 끌어다가 입을 맞추며 사랑의 눈초리를 부은 채로 묻는 것이었다.

"너, 님이 무엔지 아느냐?"

"알잖구?"

"뭐야?"

"좋아하는 여편네지 뭐야?"

필립은 어린애에게 당찮은 님의 의의(意義)를 막연이나마 알았다. 그러나 이것조차 은희의 부처에게는 더할 나위 없이 사랑스러웠다.

"하하하하! 조그만 놈이…… 그래 너 님 있느냐?"

"없어. 난 없어두…… 그래두."

"그래두? 그래두 어때?"

"파파야 있지?"

"파파 있어? 그래 누구란 말이냐?"

"맘마가 파파 님 아냐? 난 다 알아."

"하하하하! 요놈, 벌써 그런 소릴 해서는 못써."

비록 못쓴다고 꾸짖는 양은 하나, 그것은 결코 꾸짖는 것이 아니었다. 사랑에 넘치는 부모의 눈에는, 어린애의 여하한 행동도 예뻐만 보였다. 이런 언행도 필립의 부모의 눈에는 조달(早達)로 보였다. 그리고 자기네 아들 필립은 천동(天童)이거니 하고 기뻐하였다.

이러한 관대한 부모 아래서 필립은 나날이 성장하였다. 무럭무럭 보이게 컸다.

11

필립의 세 돌도 지났다.

어떤 날 길에 필립을 끌고 나갔다가 은희는 귓결에, '조달한 아이는 단명한다.' 는 말을 들었다. 조달한 아이를 가진 어머니의 귀에는 이 말은 결코 그저 넘기지 못할 말이었었다. 거기서 어떤 불안증을 받은 은희는, 집에 돌아와서 남편에게 그 말을 외어 보았다.

남편도 그 말을 들은 뒤에는 한순간 눈살을 찌푸렸다. 그러나 곧 웃어 버렸다.

"그게 다 바보 자식을 둔 부모가 부러움 끝에 꾸며 낸 말이야. 별걱정을 다 하네."

남편은 이렇게 단언하여 버렸다.

그러나 그 속담 말을 맞추려는 듯이, 삼사 일 뒤에 어린 필립이 문득 독한 감기에 걸렸다. 즉일로 소아과의 이름 있는 의사가 필립을 위하여 왔다. 전속 파출 간호부 하나가 고빙(雇聘)되었다. 필립의 부모도 떠나지 않고 간호하였다. 과학의 승리를 자랑하는 가장 완전한 흡입기며 가장 정확한 체온기가 구입되었다. 그리고 의학의 할 수 있는 힘을 다하여 어린 필립을 독감에서 구하여 내려 하였다. 그러나 그런 모든 노력도 헛되이 필립의 병은 사흘 뒤에는 마침내 그의 기관지를 침범하였다. 사흘이 더 지나서는 마침내 필립의 어린 폐까지 침범하였다.

처음에는 피곤함에 못 이겨서 때때로 자며 깨며 사랑하는 아들의 병을 간호하던 은희도, 필립의 병이 폐렴으로까지 된 뒤부터는 한잠을 자지를 않았다. 아니 자지를 못했다.

이제부터 은희의 머리에는 지금부터 십수 년 전에 자기의 눈앞에서 자기의 간호 아래서 참혹히 저 세상으로 가 버린 어린 동생 만수의 모양이 무시로 비상히도 똑똑히 떠오르기 시작하였다. 헤적이던 입, 굳게 감겨 있던 눈…… 십수 년을 잊어버렸던 기억이 사랑하는 어린 아들의 위독한 병 앞에 문득 은희 머리에 소생하였다.

"필립아, 답답하냐?"

"필립아, 무얼 먹고 싶으냐?"

어린애의 뜨거운 뺨에 입을 대고 이렇게 떨리는 소리로 묻는 어머니의 음성은 오히려 엄숙하였다. 그러나 어린애의 입은 봉하여진 듯이 열리는 일이 없었다. 병이 폐렴까지 된 뒤부터는 울지도 못하였다. 너무 답답할 때는 마치 어른같이 손으로 천천히 이불을 젖혀 놓으면서 기다랗게 한숨을 쉬며, 양손으로 두어 번 꺽꺽 허공을 잡아 보는 뿐, 그 능변(能辯)이던 입에서는 한 마디의 말도 나오지 않았다. 그러나 어머니의 답답함도 결코 그 어린애의 답답함에 지지 않았다. 어린애가 답답함에 못 이겨 양손을 들고 꺽꺽 허공을 잡을 때마다 어머니도 안타깝고 답답함을 이기지 못하여 발가락을 까부라뜨리며 눈을 지리감고 하였다.

어린애의 병이 폐렴으로 된 뒤부터는 애의 아버지는 병실에는 일체 들어오지도 않았다. 사랑에서 연방 어멈을 들여보내서 어린애의 병을 알아보는 뿐, 들어오지조차 못하였다.

간호부를 고빙하였다 하나, 간호부는 곁에서 심부름을 하는 것뿐 직접 어린애를 간호하고 보호하는 것은 어린애의 어머니였었다. 비록 간호부보다 그 솜씨는 숙련되지 못하다 하나 고등한 교양을 받은 은희는 간호부의 간호와 어머니의 간호가 병든 어린애의 마음에 주는 영향과 결과를 잘 앎으로였었다. 더구나 혈통상 아무 연락이 없는 다만 간호부의, 다만 한낱 의무적 간호에 사랑하는 아들의 목숨을 내어맡길 수는 도저히 없었다. 사흘 낮과 사흘 밤을 무릎 한 번 움직이지 않고 미음을 먹어 가면서 은희는 어린애를 간호하였다. 지성은 감천이란 말이 거짓이 아닐진대, 하늘은 마땅히 은희의 정성에 감동치 않으면 안 될 것이었었다.

12

그러나 이러한 정성도 하늘은 몰라보았다. 어린애는 폐렴이 된 지 사흘째 되는 저녁, 마침내 가망이 없이 되었다. 은희가 십수 년 전에 동생 만수의 최후에서 본 바의 현상 —— 답답한 듯이 헤적이던 온갖 행동을 멈추어 버리고 비교적 평온하고 온화한 모양 —— 을 지금 다시 필립에게서 발견한 것은 폐렴이 된 지 사흘째 되는 저녁이었었다.

　사흘을 미음만 조금씩 먹어 가면서 한잠을 자지를 않고, 다리
한 번을 펴 보지 못하고 병간호를 한 은희는, 이날은 벌써 자기로
도 자기에 대한 온 판단력을 잃은 때였었다. 아직껏 답답함에 못
이겨서 헤적이던 어린애가 비교적 평온하게 될 때에, 은희는 이
젠 가망이 없다고 생각할 뿐, 그냥 움직이지 않고 그 모양대로 앉
아 있다. 비교적 평온한 숨을 규칙 바르게 쉬는 어린애의 얼굴
을 때때로는 안개를 격하여 보는 듯이, 때때로는 비상히 똑똑히
바라보면서 앉아 있는 은희의 머리는 각 일각 나락의 밑으로 떨
어져 들어갔다.

　"만수야, 너 필립하고 싸우지 마라."

　때때로 이런 생각을 한 뒤에 펄떡 정신을 차렸다가는 무릎을 조
금 움직일 뿐, 다시 어렴풋이 어린 필립을 내려다보고 하였다.

　문득 필립의 주위에는 불이 있었다. 그것은 무서운 불이었었다.
시뻘겋게 불붙는 가운데 필립의 얼굴만 두드러지게 나와서 답답
한 듯이 양손을 헤적이며 어머니를 찾고 있었다. 필립의 주위에
있는 불은 더욱 맹렬히 타올랐다. 필립의 옷에도 불이 당긴 모양
이었었다. 몸이며 사위(四圍)를 온통 불에 둘러싸인 필립은 머리
와 양손만 이불 밖으로 내어놓고 누구를 찾는 듯이 —— 틀림없이
어머니를 찾는 듯이 헤적였다.

　은희는 사랑하는 아들을 그 무서운 불에서 구하려고 맹연히 어
린아이에게 달려들었다. 동시에 그는 새빨간 천이불을 덮고 고요

신앙으로

히 누워 있던 어린아이의 뺨을 손으로 쓸어안았다. 그가 시뻘건 불이라 본 것은 전등에 반짝이는 비단 처네였었다.

필립이 눈을 떴다. 그의 눈에는 오래간만에 웃음의 그림자가 있었다. 일 주일 내외에 무섭게 여읜 필립은 그 여읜 뺨에 주름을 내며 빙긋이 웃었다.

"맘마, 왜 그래?"

"응 필립이냐. 자라, 나 여기 있다."

"유황불이다! 필립은 지옥에 간다. 나의 사랑하는 아들 필립은 영원히 솟아날 길이 없는 지옥의 유황불 구렁텅이에 빠진다."

은희는 벌떡 몸을 일으켰다.

"간호부! 간호부!"

피곤함을 이기지 못하여 엎드려 잠이 들었던 간호부가 덤비는 대답으로 일어났다.

"네? 네?"

"나가서 선생님 좀 여쭈어."

선생님이라 함은 은희 자기의 남편을 가리킴이었다. 선생님이라는 것이 의사를 가리킴인지 주인을 가리킴인지 잘 알아듣지 못한 간호부가 망설일 때에 은희가 덜컥 성을 내었다.

"선생님 이 애 어른 좀 여쭈어 와요! 잠만 쿨쿨, 에이 귀찮어."

무슨 영문인지는 모르지만 간호부는 주인 아씨의 분부대로 황망히 머리를 쓰다듬으면서 나갈 동안 은희는 안타깝고 급함을 견디지 못하겠다는 듯이, 손발을 오들오들 떨면서 미친 사람같이 휘번득이는 눈을 사랑하는 어린 아들의 위에 붓고 있었다.

13

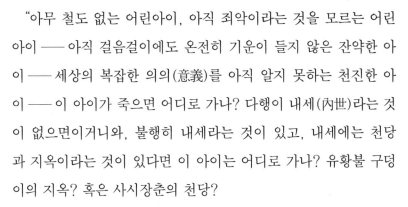

"아무 철도 없는 어린아이, 아직 죄악이라는 것을 모르는 어린 아이 —— 아직 걸음걸이에도 온전히 기운이 들지 않은 잔약한 아이 —— 세상의 복잡한 의의(意義)를 아직 알지 못하는 천진한 아이 —— 이 아이가 죽으면 어디로 가나? 다행이 내세(內世)라는 것이 없으면이거니와, 불행히 내세라는 것이 있고, 내세에는 천당과 지옥이라는 것이 있다면 이 아이는 어디로 가나? 유황불 구덩이의 지옥? 혹은 사시장춘의 천당?

내세라는 것이 있고 천당 지옥의 구별이 있으며, 이 아이가 죽은 뒤에 아직 아무 죄악도 없었다는 이유 아래 천당으로 가게 되면 다행이거니와, 불행히 지옥으로 간다면 이를 어쩌나? 아직 걸음걸이에도 기운이 들지 못하였던 이 잔약한 아이가 영원히 유황불 구덩이에 들어간다면 이를 어쩌나? 이 애는 아직 세례를 받지 않았다. 비록 아직 아무 죄도 범치는 않았다 하나 천국에 들어가는 제일 도정인 세례도 받지 않았다. 이 애의 부모는 하나님을 두려워할 줄 모르는 무신론자다. 아니 한때 가졌던 바의 신앙을 의식적으로 내어던진 반역자다. 처음부터 주의 도를 모른 것부터도 더욱 무서운 죄악이다. 이러한 부모의 자식으로 아직 세례도 받지를 못한 이 어린아이가 죽으면 어디로 가나?"

간호부의 전언에 의하여 그의 남편이 황황히 들어왔다.

"에? 에? 왜 그러우?"

미칠 듯이 휘번득이던 눈을 은희는 남편에게로 천천히 옮겼다.

"목사님 좀 여쭤다 주세요."

남편도 뜻 안한 은희의 요구에 놀란 모양이었었다. 그의 눈도 커졌다.

"왜?"

"이 애가 임종이어요. 세례라도 줘야지……."

"……."

"이 어린 게 지옥에라도 가면 어떡합니까? 아무 철도 모르고 아직……."

은희는 말을 맺지를 못하였다. 그러나 남편은 아내의 말의 뜻을 알아채었다. 더욱 크게 한 눈을 아내에게서 위독한 어린애에게로 잠시 옮겼다가 남편은 잠에서 깨듯 얼른 돌아섰다.

"그럼 내 얼른 다녀올게."

"얼른 다녀오세요. 모자……."

그러나 남편은 모자를 쓸 생각도 안하였다. 그냥 휙 돌아선 채 꼬리가 빠지게 밖으로 나갔다. 곧 대문 소리도 철컹하니 났다.

"원장님 좀 모셔올까요?"

간호부가 근심스레 가까이 와서 볼 때에, 은희는 증오로 불붙는 눈으로 간호부를 노려보았다. 그리고 부르짖었다.

"목사, 목사!"

그리고 그것으로도 시원치 않은 그는 행랑아범을 불러서 빨리 남편의 뒤를 따르게 하였다.

"달음박질해서 서방님이 미처 못 쫓아오신대두 혼자라도 앞서서 가서…… 목사님 좀 얼른 와 주십사구…… 얼른? 늦으면…… 늦으면……."

늦으면 어떻게 하겠다는 적당한 저주의 문구가 생각나지 않은 그는 두어 번 침을 삼킨 뒤에 왈카닥하니 문을 닫아 버렸다.

지금은 어디쯤, 지금은 어디쯤……. 한창 목사댁을 향하여 달려갈 행랑아범을 머리에 그려 놓고, 그 통과할 곳을 머리에 그리고 있는 은희는, 자기 집안의 시간이 지독히도 빨리 가는데 밖의 시간이 도무지 가지 않음이 안타깝기가 한량없었다.

두루마기를 입는 목사, 모자를 쓰는 목사, 신을 신는 목사…….

'어서! 어서! 신이 바로 신겨지지 않거들랑 맨발로라도! 필립은 지금 임종이외다. 한 초를 다투지 않을 수가 없는 급한 경우이외다. 왜 두루막 고름 같은 것은 오면서라도 매지 않습니까.'

목사가 오기까지도 필립은 고요히 잠들어 있었다.

14

한 초를 유예할 수가 없는 은희는 들어서는 목사를 채근하여 어린 필립에게 세례를 주기로 하였다.

"성부와 성자와 성신의 이름으로 네게 세례를 주노라."

곱게 눕힌 뒤에 세 사람은 어린아이의 영혼을 위하여 기도드렸다.

"이 아이를 맡아 주시옵소서. 아버님의 뜻대로 지금 아버님께 돌려보내오니, 이 어린 영혼을 아버님의 나라에 받아 주시옵소서."

이러한 기도—— 은희는 아직껏 많고 많은 기도를 드렸지만, 이만큼 경건하고 엄숙하고 진심에서 우러나온 기도를 드려 본 적이 없었다.

어린아이는 이 기도와 세례를 기다리노라고 쓸데없는 목숨을 아직껏 붙여 가지고 있었던 듯이, 세례와 기도가 끝난 뒤에 고요히 이 세상을 떠났다. 한 마디의 신음도 없이, 살결 희고 예쁜 얼굴에 미소를 띠어 가지고 이 세상을 떠났다.

그날 밤 간호부까지 돌려보내고, 부처 단 두 사람이서 어린애의 밤경을 하였다. 하얀 보자기로 덮어 놓은 어린 시체 앞에, 두 젊은 부부는 경건한 태도로 꿇어앉아 있었다. 그들은 가장 사랑하던 아들을 잃은 애통 아래서도, 이상히도 지금 일종의 안심조차 느낀 것이었다.

사랑하는 아들을 잃은 것은 쓸쓸하고 아프다. 그러나 그 애가 혹은 하늘 나라에 들어가서 기쁘게 놀지도 모르겠다 할 때에 그들은 애통 가운데서도 일종의 안심을 느낀 것이었다.

"여보세요."

아내는 눈물 머금은 눈을 천천히 남편에게로 향하여 남편을 찾았다.

"응?"

"우리도 이 다음 주일부터는 예배당에 다닙시다."

"그럽시다."

"천당 지옥이 없으면이거니와, 천당 지옥이 있고 우리 필립이가 천당으로 갔다 하면 얼마나 우리를 기다리겠어요? 그리고 우리가 다른 곳으로 가면 그 애가 얼마나 섭섭하겠어요. 우리가 지옥으로 간다는 것보다 그 애가 기다릴 생각을 하면 차마……."

아내는 목이 메려 해서 말을 맺지를 못하였다.

"그럽시다. 꼭 다닙시다. 그 애가 기다리는 건 둘째 두고라도 우리가 그 애를 천당에 두고 어떻게 다른 곳으로 가겠소? 나는 다른 데 못 가겠소."

남편도 이렇게 응하였다. 은희의 마음에는 지금 당장 절실한 필요 때문에 그 사이 오래 잃었던 신앙이 부활되었다. 사랑하는 아들과 갈라지기 싫은 어버이로서의 애정…… 여기서 생겨난 신앙이 그의 마음에 움돋았다. 자식에게 대한 부모의 사랑은 가장 크다. 세상의 무엇보다도 큰 이 애정에서 생겨난 신앙에 잠긴 은희의 얼굴은, 자식을 잃은 비통 가운데서도 장래에 대한 희망으로 적이 빛났다. 밤은 고요히 깊어 갔다.

K박사의 연구

K박사의 연구

"자네 선생은 이즈음 뭘 하나?"

나는 어떤 날 K박사의 조수로 있는 C를 만나서 말끝에 이런 말을 물어 보았다.

"노신다네."

"왜?"

"왜란?"

"그새 뭘 연구하고 있었지?"

"벌써 그만됐지."

"왜 그만둬?"

"말하자면 장난이라네. 하기야 성공했지. 그렇지만 먹어 주질 않으니 어쩌나."

"믹다니?"

"글쎄, 이 사람아. 똥을 누가 먹어."

"똥?"

"자네 시식회(試食會)에 안 왔었나?"

"시식회?"

C의 말은 전부 '?' 였었다.

"시식회까지 모를 적에는 자네는 모르는 모양일세그려. 그럼
내 이야기해 줄게 웃지 말고 듣게."

이러한 말끝에 C는 K박사의 연구며 그 성공에서 실패까지의
이야기를 들려주었다.

K박사의 연구

맬더스라나.

'사람은 기하학급으로 늘어 가고 먹을 것은 수학급으로밖에는
늘지 못한다.'

고 이런 말을 한 사람이 있지 않나. 박사의 연구도 이 말을 근본
삼아 가지고 시작되었다네.

어떤 날(여름일세), 박사는 책을 보고 있고 나는 다른 생각을
하면서 같이 앉았었노라는데 박사가 머리를 번뜻 들더니,

"자네 똥 좀 퍼 오게."

하데그려. 이게 무슨 말인지 알 수 있겠나. 그래서 똥이란 대변이
냐고 물었더니 대변 아닌 똥도 있느냐고 하대. 그래서 무슨 검사
라도 할 일이 있는가 하고,

"뉘 변을 말씀이외까?"

195

했더니 벌꺽 성을 내면서 뉘 똥이든 퍼 오라데그려. 너무 어망처 망하여 가만있었지. 글쎄(의사는 아니지만) 검사라도 할 양이면 뉘 변이든 지적을 해야 하지 않는가. 그래서 박사 얼굴만 바라보고 있노라니깐 채근도 없어. 흥 잊었구나 하고 다시 앉으려 하니까,

"퍼 왔나?"

하면서 일어서데그려. 자 이렇게 채근까지 하는 것을 보면 농담도 아니야. 할 수 없이 변소에 가서 냄새나는 것을 조금 퍼다가 박사께 드렸네그려. 그것을 힐끗 보더니 조금만 퍼 왔다고 또 성을 내거든. 나도 슬그머니 결이 나데그려. 그래서 다시 가서 한 바가지 드북히 퍼 왔지. 그러니깐야 만족하다는 듯이 웃더니 실험 옷의 팔을 걷으면서 나도 연구실로 가자고 그러대.

자네가 알다시피 내야 이학상(理學上) 지식이야 어디 조금이라도 있나. 단지 박사의 서기로 들어가 있는 사람이니깐 좌우간 알든 모르든 따라 들어갔지. 박사는 똥을 떠 가지고 현미경으로 시험관에 넣어서 끓으며 세척(洗滌)하며 전기로 분해하며 별별짓을 다 해 보더니 그래도 마음대로 되지 않는지 저녁까지 굶어 가면서 밤새도록 가지고 그러데그려. 아무리 전기 환기 장치를 했다 해도 그 냄새는 참 죽겠데. 코가 저리고 눈이 쓰리고 나는 참다못해서 슬그머니 나와 버렸네그려. 그랬더니 새벽 두시쯤 찾겠지. 그래서 가 보니깐,

"이게 새 똥이냐, 낡은 똥이냐?"

하고 또 묻데그려. 내니 어찌 알겠나, 변소에서 퍼 온 뿐이지. 변의 신구(新舊)야 알 리가 있겠나. 그래서 모르겠다고 그러니깐,

"낡은 겐 모양이군. 다 썩었어. 낡은 게야."

하고 혼자서 중얼중얼하더니 나더러 새 똥을 좀 누라데그려. 나도 성미가 그다지 곱지 못한 사람이라 마렵지 않노라고 해 버리니깐 박사는 근심스러이 머리를 기웃기웃하더니,

"나두 그리 마렵지 않은걸."

하면서 그릇을 가지고 저편 방에 가더니 마렵지 않다던 사람이 웬걸 그다지 누었는지 한 그릇 무더기 담긴 것을 가지고 들어오데그려. 아, 우습기도 하고 잠 못 자는 것이 일변 성도 나고 그래서,

'밤참으로는 넉넉하겠습니다.'

고 쏘아 주려다가 그래도 박사가,

'마지메.'

하게 들여다보고 있는 것을 보니깐 그러지도 못하겠어. 그래서,

"전 먼저 자겠습니다."

하고 나와서 내 방으로 가서 자 버렸지.

그 이튿날부터는 박사는 꼭 연구실에 틀어박히었는데 음식까지 그 냄새나는 방에서 먹고 하는데 오히려 불쌍하데.

땀을 뻑뻑 흘리면서 더러운 물건을 이리 주물고 저리 주무는 양은 우습기도 하거니와 한쪽으로 생각하면 그 사치하게 길러나고, 아무 고생이며 더러움을 체험해 보지 못한 박사가 연구 때문에

얼굴을 찌푸리고 냄새나는 방에서 음식까지 먹으며 밤잠까지 못 자며 돌아가는 것은 어떻게 엄숙해 보이기도 하고 존경할 생각도 나데.

이러구러 몇 달이 지났네. 무얼 하는지는 모르지만 대변(大便)을 분석해 가지고 무슨 유효 성분을 얻어 보려는 것은 알겠데. 좌우간 낡은 똥은 쓸 수가 없다 해서 그 뒤부터는 집안 하인의 변까지 죄 그릇에 누어서 박사의 연구실로 들어가게 되었네그려. 그러니깐 변소는 늘 소변밖에는 아무것도 없었지. 집안 사람이래야 박사와 나와 행랑 식구 세 사람과 식모 하나, 침모 하나와 사환애 둘이었는데, 때때로는 그 아홉 사람의 것으로도 부족할 때가 있어, 그런 때는 박사는 가족이 이십 인이며 삼십 인이며 하는 사람들을 슬며시 부러워하는 기색까지 보이는데 연구 자료가 부족해서 박사가 안타까워하며 발을 동동 구를 때는 너무 미안스러워서 될 수만 있다면 서너 동이씩 만들어 보고 싶데.

그러는 동안에 시골 계신 할머님이 세상을 떠나서 나는 시골 내려가서 한 달쯤 있다가 가을에야 다시 올라왔네그려. 그래서 곧 박사네 집으로 가서 짐을 푼 뒤에 복동이(사환애)에게 물으니깐 박사는 역시 연구실에 있다 하기에 들어가서 인사를 드렸네. 박사는 무엇을 먹고 있었는데 몹시 반겨하면서 와서 같이 먹자고 그러대. 오래간만에 맡으니깐 냄새는 꽤 지독하데.

연구실 한편 모퉁이에 조그만 책상을 놓고 거기서 박사는 점심을 먹고 있는데 나도 오라기에 교자를 하나 끌고 그리로 갔지. 짐

심조차 떡 비슷한 것인데 맛은,

　'고깃국물을 조금 넣고 만든 밥.'

이랄까, 좌우간 그 비슷한 맛이 나는, 아직껏 먹어 보지 못한 물건이야. 그래서 혹은 양식인가 하고 두어 덩이 소금을 찍어서 먹으니깐,

　"맛 좋지?"

하고 묻데그려. 그래서 괜찮다고 하니깐,

　"똥내도 모르겠지?"

하고 또 웃데그려.

　"?"

　아닌게아니라 냄새가 좀 나기는 하는 것을 이 방 안의 공기 탓이라고 하고 그냥 먹었네그려.

　그렇지만 박사의 그 말을 듣고 나니깐 혀 아래서 맑은 침이 핑그르르 돌더니 걷잡을 새 없이 구역이 나겠지. 그래서 변소로 가려고 일어서려다가 그만 그 자리에 욱 하니 토해 버렸네.

　"왜 그러나? 왜 그래, 야 복동아, 수남아."

하면서 박사는 일어서서 나를 붙들어다가 소파에 누이려는데그려. 아, 결도 나고 성도 나고 그래서 괜찮다고 하고 박사를 밀쳐 버리고,

　"대체 그 먹은 것이 무엇입니까?"

하고 물었네. 둔감한 박사는 내가 토한 원인을 그때야 처음으로 안 모양이데그려.

K박사의 연구

"먹은 것? 응 그것 말인가? 그것 때문에 토했나? 난 또 차멀미로 알았군. 그건 순전한 자양분일세, 하하하하하(박사는 웃을 경우에는 웃을 줄을 모르고, 웃지 않을 경우에는 잘 웃는 사람이라네). 건락(乾酪), 전분, 지방 등 순전한 양소화물(良消化物)로 만든 최신최량 원식품(最新最良原食品)."

"원료는…… 그……."

"그렇지, 자네도 알다시피 그……."

나는 그 말을 채 듣지도 않고 다시 일어서면서 토했지. 좀 메시껍기도 하고 성도 나는 김에 박사의 얼굴을 향하여 토했네그려. 박사도 놀란 모양이야.

"아, 이 사람두. 야, 수남아…… 복동아……."

그때 결나는 것을 보아서는 박사를 한 대 쥐어박고 싶기는 하지만 꿀꺽 참고 내 방으로 돌아와서 이불을 쓰고 눕고 말았지. 그 뒤 사흘 동안 음식 하나 못 먹고 앓았네. 글쎄, 구역에 음식을 어찌 먹겠나. 아무것이라도 뱃속에 들어만 가면 잠시를 머물러 있지 않고 도로 입으로 나오데그려. 아무것을 먹어도 그 냄새가 나는 것 같아.

박사는 미안한지 진토제(鎭吐劑)를 주면서 잠시도 내 곁을 떠나지 않고 몸소 간호하겠지. 그러면서 연거푸 자양분만 뽑아서 정제한 것이니깐 아무 불쾌할 리가 없다고 설명해 주네그려. 아닌 게아니라 그러고 보면 나도 미안하데. 무슨 악의로서 내게다가 그것을 먹인 바도 아니요, 박사 자기도 먹으면서 내게도 좀 준 것이니, 말하자면 원망할 것도 없어. 박사의 말마따나 무슨 부정한 것이 섞인 바도 아니요, 과학의 힘으로써 가장 정밀히 만든 것이겠으매 웬만한 음식점의 음식들보다는 훨씬 깨끗할 것일세. 그저 내 비위에 맞지 않는다는 것뿐이지……. 그것을 책임 관념상 박사가 그렇게 미안해하는 것을 보니간 오히려 내가 미안해 오데그려. 그래서 사흘째 되는 날 일어났지.

"그 음식이 더럽다는 것이 아니라 내 비위에 맞지 않는 것뿐이니간 그 마음성만 고치면 되겠지요."

그리고 일어나서 먹기 싫은 음식을 억지로 먹으면서 연구실에 드나들기 시작하였네그려. 처음에는 참 역한데. 박사는 점심은 역시 손수 만든 음식을 먹는데, 그것을 보기만 해도 구역이 탁탁 가슴에 치받치는데 참 못 견디겠어. 박사는 먹기는 먹으면서도 미안한지,

"이제 어떻담, 하하하하하."
하면서 먹곤 해.

그러는 가운데서도 박사는 실험을 거듭하여 몇 가지 조미료를 가해서 맛에 대한 연구를 쌓데그려. 그리고 한 가지의 조미료를 더 넣을 때마다 자기가 몸소 맛본 뒤에는 연대 감정인(連帶鑑定人)으로 차마 내게는 먹어 보래지 못하고 복동아, 수남아 하여 가지고는 애들에게 먹어 보래지, 벌게지면서 주인의 명령이라 거역하지는 못하고 입에 조금 넣는 것처럼 한 뒤에는 삼키지도 않고,

"먼젓번 것보담도 좋은걸요."

하고는 달아나고 하는 양은 가련해. 그럴 때마다 정직한 박사는 '득의만면' 해 가지고 그러려니 그러려니 하면서 상금으로서 그 애들에게 오십 전씩 준다네. '감정료'지.

박사의 말을 의지하건대 똥에는 음식의 '불능 소화물' 즉, 섬유며 '결체 조직(結締組織)'이며 각물질(角物質)이며 '장관 내 분비물(場管內分泌物)의 불요분(不要分)' 즉 코라 ── 고산(酸), 피스린 '담즙 점액소(膽汁粘液素)'들 밖에 부패 산물인 스카톨이며 인돌이며 지방산들과 함께 아직 많은 건락(乾酪)과 전분과 지방이 남아 있는데 그것은 사람사람에게 따라서 혹은 시간에 따라 각각 다르지만 그 양소화물(良消化物)이 삼 할에서 내지 칠 할까지는 그냥 남아서 항문으로 나온다네그려. 그리고 그 대변 가운데 그냥 남아 있는 자양분은 아무도 돌아보는 사람이 없이 헛되이 썩어 버리는데 그것을 어떤 방식으로 추출(抽出)할 수만 있다 하며는 그야말로 식료품 문제에 위협받는 인류의 큰 복음이 아닌가. 그래서 연지구지하여 그 방식을 발견하였다나. 말하자면 석탄의 완전 연소와 마찬가지로 자양분의 완전 소화를 계획하고 성공한 셈이지. 즉 대변을 분석해서 그 가운데 아직 삼 할 혹은 칠 할이나 남아 있는 자양분을 자아내어 그것을 다시 먹자는 말일세그려.

그러니까 사람이 하루에 세 끼씩 먹는 가운데 두 끼는 보통 음식을 먹고 한 끼분은 그 새로운 주식품을 먹으면 이 지구상의 식료원품이 삼 할 이상 늘어 가는 셈 아닌가. 이 지구에 지금보다

인구가 삼 할쯤 한 오천만 명쯤은 더 많아져도 박사의 연구가 실현만 되면 걱정이 없는 셈일세그려. 맬더스도 이후에 이런 천재가 나타날 줄은 몰랐기에 그런 걱정을 했지.

좌우간 그러는 동안에 조미(調味)에 대한 연구까지 끝나지 않았겠나. 나는 첫번 모르고 한 번 먹을 뿐 그 뒤에는 절대로 입에 대지도 않았고 박사도 내게는 권하지도 않았으니깐 모르지만 냄새는 마지막에는 꽤 좋은 냄새가 나데. 스키야키 비슷하고도 더 침이 도는 냄새야. 냄새만으로는 구미도 돌데. 그만큼 되었으니깐 이제 남은 것은 '발표'라 하는 과정일세그려. 박사는 어림도 없이 발명 경로를 신문에 발표한 뒤에 시식회(試食會)를 열겠다고 그래. 그것을 내가 우쩍 말렸지. 나는 먹어도 못 보았지만 짐작건대 맛은 괜찮은 모양인데…….

그러니깐 그 맛있는 것을 먼저 먹여 놓은 뒤에 이것의 원료를 발표해야지, 먼저 원료를 발표하면 시식회에는 한 사람도 나오지도 않을 것일세그려. 그렇지 않나. 그래서 말렸더니 박사도 그럴 듯한지 내 의견대로 하자고 그러더구먼. 그리고 박사와 나와 의논한 결과 그 발명품의 이름은 박사의 이름을 따라 ××병(餠)이라 하기로 하고, 그 ××병에 대한 성명서를 박사가 초(草)하였네. 지금 똑똑히 기억지는 못하지만 대략 이런 뜻이야.

생거(M. Sanger)라 하는 폭녀(暴女)가 나타나서 산아 제한을 주장한 것을 일부 인도주의자는 눈살을 찌푸렸지만 거기도 상당한 근거가 있는 것을 어찌하랴. 위생 관념이 많아 가면서 연(年)년이 사람의 죽는 율은 주는데 그에 반하여 이 지구는 더 커지지 않으니까 여기 사람의 나아갈 세 가지의 길이 생겼으니 하나는 '도로 옛날로 돌아가서 이 세상에서 위생이라 하는 것을 없이하고 살인 기관으로 전쟁을 많이 하여 사람의 수효를 도태하는 것'이요, 또 하나는 '사람의 출세를 적게 하는 것'이요, 나머지는 '아직껏 돌아보지 않던 데서 식원료를 발견하는 것'이다. 여인인 생거는 이미 있는 인명을 없이하자 할 용기는 못 가졌었다. 여인인 생거는 신국면 발견(新局面發見)이라 하는 천재적 두뇌도 못 가졌었다. 그는 마지막으로 고식적 구제책을 발견하였으니 그것이 '산아 제한론'이다.

그러나 독창력과 발명력을 가진 오인(吾人)은 그러한 고식책으로서는 만족하지 못할지니 오인의 연구는 여기서 비롯하였다. 오인의 매일 배설하는 대변에는 아직 많은 자양분이 남아 있으니 그 전 분량의 삼 할 내지 칠 할—평균 잡아서 오 할약(弱)이나 되는 자양분은 헛되이 땅 속에서 썩어 버린다.

(그리고 대변에 대한 분석표며 그 밖 숫자가 있지만 그것은 약해 버리세.)

이것을 헛되이 썩혀 버릴 필요는 없다. 이것을 자아낼 수만 있다 하면 자아내어 가지고 오인의 식탁에 올리는 것이 오인의 가장 정당한 행위라 아니할 수 없다. 각가지로 각 방면에서 일어나는 온갖 고식적 문제도 그 근본을 캐자년 인류의 식료품 결핍이

라는 무서운 예감 때문에 생겨난 신경 과민적 부르짖음이라 할
수 있으니 인류의 생활이 유족하여지면 온갖 문제와 그 문제의
근본까지 저절로 사라질 것이다. 오인의 연구는 여기서 출발하였
다.

(그리고 연구의 경로도 약해 버리지.)

이러한 동기 아래서 이러한 경로를 밟아서 생겨난 이 ××병을
귀하의 식탁에 바치노니 고평(高評)을 바란다. 운운.

이것을 인쇄소에 보내서 썩 맵시나게 인쇄를 해 왔겠지. 그리고
크리스마스를 기화로 박사댁에서 시식회를 열기로 각 방면에 초
대장을 보냈네그려. 그 초대장에는 그저 ××병이라 할 뿐, 원료
며 그 동기에 대해서는 찍 소리도 없는 것은 다시 말할 필요도 없
겠지.

크리스마스 한 사나흘 전부터는 꽤 분주하데. 겨울이라 대변의
자양분이 썩을 염려는 없어. 그래서 소제부에게 부탁해서 열 통
을 사들였네그려. 그리고 그것을 분석하고 처리하고 하노라고 사
나흘 동안은 박사, 나, 수남이, 복동이, 임시 조수 두 사람 모두
다 똥 속에서 살았네그려. 더럽기가 짝이 있겠나. 에이 구역나.
생각만 해도 구역이 나서 못 견디겠네. 박사도 미안하긴 한 모양
이야. 누가 청하지도 않는데 연방 조선 호텔 한턱 쓰지 하면서 복
동아, 수남아 하면서 돌아가데그려.

크리스마스 전날은 밤까지 새워 가면서 모두 만들어 놓은 뒤에

당일 아침에는 집을 씻느라고 또 야단이지. 글쎄, 이방 저방 할 것 없이 모두 똥내가 배어든 것을 어찌하나. 아닌게아니라 독한 놈의 냄샌데 한 번 배어든 다음에는 빠지질 않아. 물로 약품으로 씻다 못해서 마지막에는 향수를 막 뿌려서 냄새를 감추도록 해 버렸지.

오후 한시쯤 손님들이 왔네. 원래 착하고 교제성이 없는 박사는 정신을 못 차려 이리 왔다 저리 갔다 하며 일변 웃으며 연거푸 복동아, 수남아를 찾으며, 조수들을 꾸짖으며 어리둥둥한 모양이데.

신사 숙녀 한 오십 명쯤 초대한 사람이 거의 모인 뒤에 두시에 식당은 열렸네. 박사의 취지 설명이 있은 뒤에 I신문사 주필 W씨의 답례로써 시식회가 시작되었어. 그런데 시작되자마자 어떤 신문 기자 한 사람이 박사를 찾데그려.

"K박사."

"네?"

"이 ××병에서 향기롭지 못한 냄새가 좀 납니다그려."

"……."

이때의 박사의 얼굴의 변화는 내 일생에 잊지 못하겠네. 문득 하얘지더니 웃음 비슷한 울음 비슷한 변한 얼굴을 하더니 별한 신음을 하면서 벌떡 일어서서 연구실로 가. 그래서 나도 따라가려니까 박사는 가던 발을 다시 돌이키며 나를 붙잡더니 내 귀에다 대고 작은 소리라고 하기는 하지만 그리 작은 소리도 아니야.

그런 소리로써,

"야단났네그려. 스카톨이나 인돌의 반응은 없었지?"

하더군. 내야 인돌이 뭐인지 스카톨이 뭐인지 아나. 박사가 시키는 대로 할 뿐이지. 더구나 반응인지야 알 리도 없잖아.

그래서 박사의 그 표정을 보니깐 모른다고 그러지도 못하겠데. 그래서,

"확실히 없었습니다."

고 그랬네. 그러하니깐 그래도 아직 미안한지,

"야단났네. 큰일났어."

하면서 어쩔 줄을 모르데그려.

"아 선생님 걱정하실 게 뭡니까, 지금 모두들 맛있게 잡숫는데……"

사실 말이지, 한 사람이 그런 질문을 하기는 했다 하지만 다른 사람들은 모두 맛있게 먹고 있어. 내 말을 듣고 그 양을 보고서야 박사는 마음이 놓이는지 숨을 내어쉬며,

"좌우간 반응은 없었것다. 확실히 없었어. 여보게 C군, 그 성명서 돌리게."

하데그려.

문제는 이게 문제일세. 한창 맛있게들 먹는 판에 당신네들이 먹고 있는 것이 똥이외다고 알게 하여 놓으면 무사할는지 이게 의문이야. 그러나 안 돌릴 수도 없고, 그래서 그 인쇄물을 갖다가 복동이와 수남이를 시켜서 돌렸네그려. 그러니깐 어떤 사람은 받

아서 주머니에 넣고, 어떤 사람은 식탁 위에 놓고, 어떤 사람은 읽어 보는데 나는 슬며시 빠져서 다른 방으로 가 버렸지. 닿아는 났지만 그래도 마음이 놓이지 않아 귀를 기울이고 있노라니깐 무엇이 왝왝하며 콰당콰당해 뛰어가 보았지. 하니깐 부인 손님 두 사람과 신사 한 사람이 입에 손수건을 대고 게워 내는데, 그리고 몇 사람은 저편으로 변소변소 하면서 달아나고, 다른 사람들은 영문을 모르고 중독되었다고 의사를 청하라고 야단인 가운데 박사는 방 한편 모퉁이에 눈만 멀찐멀찐하면서 서 있데그려. 이게 무슨 꼬락서닌가. 망신이데그려. 그래서 박사에게 가서 웬 셈입니까고 물었더니 박사는 우둘우둘 떨면서,

"야단났네. 망신이야. 큰일났어, 야 수남아."

하더니, 우물쭈물 저편 방으로 달아나 버리고 말데그려. 그래서 하는 수 있나. 그래도 이런 일이 생기지나 않을까 해서 내가 몰래 진토제를 준비해 두었던 것이 있기에 내다가 임시 조수며 복동이, 수남이를 시켜서(초대받았던 의사 몇 사람까지 협력해서) 간호들을 한 뒤에 박사는 몸이 편치 않아서 못 나온다고 하고 사과를 한 뒤에 손님들을 보내 버렸지.

시식회는 이렇게 흐지부지 끝이 났네그려.

그런 뒤에 박사의 침실에를 가 보았더니 박사는 몸에 신열까지 나고 헛소리를 탕탕하고 있지 않겠나. 나도 미안스럽기도 하거니와 딱한데. 그래서 얼음을 갖다가 박사의 머리를 식히면서 한참 간호하니깐야 정신을 좀 차려. 그리고 연하여 야단이다, 밍신이

208

다, 어쩌다를 연발하는데 거북상스럽데. 한참 정신없이 눈을 한 군데만 향하고 있다가는,

"여보게 C군, 이 일을 어쩌나, 야단났네그려. 이런 괴변이 어디 있겠나?"

하고 하는데 난들 무어라고 대답하겠나.

"뭘 하리까?"

이런 대답은 하지만 참 거북상스럽기가 짝이 없데. 소위 사회의 일류라는 사람들을 초대해다가 똥을 먹여 놓았으니 이런 괴변이 어디 있겠나. 세상사에 어두운 박사는 이렇게까지 될 줄은 뜻도 안하였겠지만 나 역시 뜻밖일세그려. 아니, 나는 이런 일이 있지 않을까 예감은 있었지만 박사의 그 걱정하는 태도를 보니깐 예상 이외로 나도 겁이 나데그려. 내 생각으로는 대상인 피해자(?)를 개인개인으로 여겼지 그것이 합한 '사회'라는 것을 생각 안했네 그려. 그러니 이제 사회의 명사 숙녀들을 똥을 먹여 놓았으니 말썽이 안 생기겠나.

그러는 동안에는 연하여 신문 기자가 찾아오며 전화가 오는 것을 복동이를 시켜서 모두 거절하여 버린 뒤에 그날 오후 종일과 밤을 새워 가지고 협의한 결과 말썽이 좀 삭아지기까지 박사와 나와 어떤 시골에 한두 달 숨어 있기로 작정을 하였네. 그리고 목적지는 박사의 토지가 몇백 정보(町步) 있는 T군의 박사의 사음의 집으로 작정하였네그려. 그리고 이튿날 아침 첫차로 그리로 뺑소니쳤지.

그런데 우리의 생각으로는 신문에서 꽤 와자지그르할 줄 알았더니 비교적 말이 없데그려. I신문 잡보란에 조그맣게 ××병 시식회(餅試食會)라 하는 제목 아래 간단히 기사가 날 뿐 그 괴상한 사건이며 ××병의 원료에 대해서는 한 마디도 없어. 아마 신문사에서도 창피스럽던 모양이야. K역에서 내려서 T군에 가는 자동차를 기다리기 위해서 어떤 여관에서 묵은 뒤에 이튿날 아침에야 우리는 그 신문 기사를 보았는데 이 기사를 보더니 박사는 적이 안심이 되는지 처음으로 조금 웃데그려. 그러더니 갑자기 T군은 그만두고 그 역에서 멀지 않은 Y온천장으로 가자데그려. 내야 이의가 있을 리가 있나. 온천으로 갔지.

온천에서도 박사는 생각만 나면 그 이야기만 하자데그려.

"C군, 스카톨의 반응은 확실히 없었지? 혹은 좀 있었던가. 왜들 토해. C군, 반응은 확실히 없었나? 아무래도 있는 모양이야."

"반응은 있었는지 모르지만 혹은 없었다 해두 게우는 게 당연하지요. 누가……."

"C군!"

박사는 이런 때는 꼭 역정을 내데그려. 그러나 이렇게 되면 내 성미도 그리 곱지는 못하니까 막 쏘아 주지.

"똥 먹구 구역 안 날 사람이 어디 있어요!"

"똥?"

한 뒤에는 일어서서 뒷짐을 지고 한참 그치데그려. 그러다가,

"자네 오헬세. 과학의 힘으로 부정한 놈은 죄 없애 버린 게 왜

210

똥이야, 오헬세."

한 뒤에는 또 이유도 없이 하하하하 웃지.

"선생님, 그렇지 않아요. 분석해 보면 아무리 정한 게라 해두 똥으로 만든 것을 먹고야 왜 구역을 안해요? 세상사는 그렇게 공식(公式)대로만 되는 것이 아니니깐요."

"공식? 아무리 생각해두 자네 오해야. 그렇진 않으리."

"그럼 왜들 게웠어요?"

"글쎄, 반응은 없었는데, 혹은 있었던가……."

단순한 박사는 아직껏 손님들의 게운 이유를 스카톨이나 인돌이 좀 남아서 대변 특유의 냄새가 난 데 있는 줄만 알데그려.

k 박사의 연구

하인은 연정(戀情)을 '오매불망'이라고 형용했지만 박사와 ×× 병의 새야말로 오매불망인 모양이야. 우두커니 앉았다가도 문득 스카톨이 있었나 하고는 한숨을 쉬고 하데. 자다가도 세척(洗滌)이 부족한 모양이야, 하면서 벌떡 일어나데그려. 곁에서 보는 내가 참 미안하고 딱하데. 너무 민망스러워서.

"선생님, 인전 그 생각은 잊어버리시구려."

하며는,

"잊지 않자니 헐 수 있나?"

하고는 또 한숨을 쉬데. 여간 민망스럽지 않았네. 사실 말이지 귀한 발견이야, 귀한 발견이 아닌가. 아무도 돌아보지 않고 헛되이 땅 속에서 썩어 버리는 폐물 가운데서 평균 오 할약(五割弱)의 귀중한 자양분을 얻어낸다 하는 것은 인류 경제 문제의 얼마나 큰

발견인가. 우리의 인습 때문에 비위가 받지를 않으니 말이지, 그
것을 만약 어떤 사람이 원료를 비밀히 해 가지고 대량으로 만들
어서 판다 할지면 우리 인류에게 얼마나 큰 공헌인가. 그래서 어
떤 날 저녁을 먹다가 박사에게 그 떡을 학문광(學問狂)의 나라 독
일 학계에 발표해 보면 어떻겠느냐고 물어 보았지. 하니깐 대답
도 없어. 그리고 나도 그 말만 한 뿐 잊어버리고 말았었는데 박사
는 잊지 않았던 모양이야.

　그날 밤 한잠 들었다가 목이 너무 말라 깨어서 물을 먹으려는데
박사가 그냥 안 잤댔는지,

　"독일도 틀렸어."

하데그려. 나야 자다 주먹이라 무슨 뜻인지를 알겠나. 그래서 그
저 네네 하면서 물을 먹고 다시 누우니까,

　"××병은 독일도 재미가 없어."

하고 다시 주를 놓데그려. 그 소릴 들으니까 펄떡 졸음이 천리 밖
으로 달아나는데 그렇지 않아도 이즈음 늘 민망스럽던 판에 박사
가 밤에 잠도 안 자고 그 생각을 하고 있었나 하니깐 막 눈물이
나오려데그려. 그래서 왜 그렇느냐고 물으니까,

　"독일서는 공기에서 식품을 잡는 것을 연구해서 거의 성공했다
니까 이것은 그다지 센세이션을 일으킬 것이 못 될 것 같아."

하면서 또 한숨을 쉬데그려. 나도 할말이 없어서 그것도 그렇겠
습니다, 하고 다시 먹먹히 있노라니깐 또 찾지 않겠나.

　"C군, 자나?"

"네?"

"안 자나?"

"네."

"일본은 어떨까, 나라는 좁고 백성은 많은……."

"말씀 마십쇼. 일인에게는 소위 결백이라는 게 있지 않습니까? 어림도 없습니다."

"그래도 일인들은 더러운 목간물을 벌컥벌컥 들이마시지 않나?"

"그게야…… 그래도 ××병은 안 먹습니다."

"안 먹을까……."

"안 먹지 않고요."

박사는 또 한숨을 쉬데.

"선생님, 그것을 미국에다 발표해 보면 어떻겠습니까?"

"미국놈은 먹어 줄까?"

"먹을진 모르지만 그놈들은 아무것이든 신기한 것과 과학이라는 데는 머리를 싸매고 덤벼드는 놈이니깐 혹은 좋다 할지도 모르지요."

"글쎄……."

이러한 말을 주고받고 하다가 아무런 해결도 얻지 못하고 자고 말았지.

온천에는 한 달 남짓이 묵어 있었는데 박사의 ××병에 대한 집착은 조금도 줄지 않데그려. 그 지독한 집착이야…… 이러구러한 달 넘어나 지난 뒤에 인제는 돌아가자고 온천을 출발해서 K역까지 왔다가 여기까지 온 이상에는 박사의 토지도 돌아볼 겸 T군까지 다녀가자는 의논이 생겨서 우리는 군으로 갔었네그려.

양력 이월 초승인데 혹혹 쏘는 바람을 안고 자동차로 두 시간이나 흔들리면서 T군까지 가니깐 정신이 다 없어지데. 눈이 보이지를 않고 다리가 뻣뻣하며 코가 굳어진 것 같고 몸의 혈액 순환까지 멎은 것 같애. 그것을 겨우 자동차에서 내려서(면장 노릇 하는) 박사의 사음의 집을 찾아갔지. 머리가 휑한 정신이 없는 것을 그 집을 찾아 들어가니깐 반갑게 맞으면서 자기네들은 모두 건넌방으로 건너가며 큰방을 우리에게 내어주어. 그래서 우리는 들어가서 다짜고짜로 자리를 펴고 누웠지.

방을 절절 끓여 놓고 두어 시간 자고 나니깐 정신이 좀 들데. 박사도 그때야 정신이 드는지 부스스 일어나더니 토지를 돌아보러 나가자데그려. 세수들을 하고 옷을 든든히 차린 뒤에 사음의 아들을 불러서 앞세우고 그 집을 나서려는데 개가 한 마리 변소에서 뛰쳐나오면서 컹컹 짖겠지. 보니깐 변소에서 똥을 먹고 있던 모양이라 입에 잔뜩 발라 가지고 그 더러운 입을 쩍쩍 벌리며 따라오데그려. 사음의 아들은 개를 쫓아 버리느라고 야단인데 박사에게 나는, 개도 ××병을 먹다가 온다고 그러니깐 박사는 눈살을 찌푸리더니,

"에 더러워. C군, 실험실과는 다르네. 이놈의 개 오지 마라. 가!"

하며 슬슬 피하며 나가는 모양은 요절하겠데. 박사의 토지라는
것은 꽤 크데. 이백 몇십 정보라는데 말은 쉽지만 눈으로 덮인 무
연한 벌판인데 어디까지가 경계인지 좀체 모르겠데. 그것을 한
번 다 돌아보고 사음의 집까지 돌아오니깐 벌써 저녁때가 되었
어. 몸도 녹일 틈이 없이 저녁상을 들여왔데그려. 시장하던 김이
라 상을 움켜안고 먹었지. 더구나 내가 좋아하는 개고기가 있데
그려. 그래서 밥은 제쳐놓고 고기만 뜯어먹고 있었지. 박사도 괜
찮은 모양이야. 글쎄 한 달 넘어를 일본 여관에 묵노라고 고기는
맛까지 거의 잊게 되었네그려. 그런 판이니까 오래간만에 만나는
고기라 박사도 한참 고기만 뜯더니,

K박사의 연구

"C군."

하고 찾데그려.

"왜 그러십니까?"

"이런 시골서도 암소를 잡는 모양이야."

"……."

"고기 맛이 썩 부드러운데 암소 고기야."

"선생님, 개고기올시다."

"개?"

"아까 그 짖던 개요. 돌아올 때는 안 보이지 않습디까."

"아까 그? 그 똥 먹던?"

"그럼요."

박사는 덜컥 젓가락을 놓데그려. 그러더니 얼굴이 차차 하얘지

더니 힐끗 저편으로 돌아앉겠지.

그리고 힉힉 두어 번 숨을 들여쉬더니 확 하니 모두 토해 버리데그려.

왜 그러십니까고 나도 먹던 것을 집어치우고 박사에게로 가서 잔등을 쓸어 주니까 가만 있게, 하면서 연하여 힉힉 소리를 내데그려. 그것을 한 십 분 동안이나 쓸어 주니깐 좀 진정되는지,

"안됐네. 이것 주인 몰래 치우세."

하면서 손수 걸레로 모두 훔쳐서 문 밖에 내어놓기에 나는 그것을 집어다가 대문 밖에 멀리 내버리고 도로 들어오니깐 박사는,

"에 속이 편찮어. 야 —— 수남아 —— 상 치워라."

하더니 베개를 내리고 벌떡 눕고 말데그려. 상을 치운 뒤에 사음이 불을 켜 가지고 들어왔는데 박사는 돌아누운 대로 그냥 모른 체하기에 몸이 곤하신 모양이라고 사음을 내보내고 나도 베개를 내려서 드러누웠더니 한참 있다가 박사가 돌아누운 대로 찾아,

"C군."

"네?"

"개고기하고 돼지고기하고 어느 편이 더 더러울까?"

"글쎄, 돼지가 더 더러울걸요."

"그럴까. 둘 다 마찬가지겠지. 마찬가지야, 쇠고기두 마찬가지구."

혼잣말같이 이렇게 중얼거리더니 또 잠잠해지데. 나도 곤하던 김이라 어느 틈에 잠이 들었는지 모르지. 좌우간 나는 입은 채로

잠이 들고 말았는데 아마 박사가 그렇게 한 게야. 자리를 모두 펴고 옷을 벗겨서 이불 속에 집어넣었데그려. 내야 알 리가 있나. 이튿날 아침에 깨어서야 처음 알았지.

이튿날 아침 눈을 부스스 뜨니깐 박사는 언제 깼는지 벌써 깨어 있다가 내가 눈을 뜨는 것을 보고 C군, 하데그려. 그래서 대답을 하니까,

"일인도 안 먹을 게야."

또 자다 주먹일세그려.

"네?"

"××병은 일인도 안 먹을 게야. 목간물은 벌컥벌컥 먹어두."

"네…… 아마……."

"돼지고긴 좋아두 개고긴 못 먹겠거든. 자네 개고기 잘 먹나?"

"육중문왕(肉中文王)입니다."

"그럴 게야."

하더니 한숨을 내어쉬데그려.

그때부터 박사의 입에서는 ××병의 문제는 없어졌네그려.

그 뒤에 집에 돌아와서도 박사는 ××병의 문제는 집어치우고 전자(電子)와 원자(原子)의 관계의 연구를 쌓는 중이니깐 이제 언제 거기 대한 발명이나 발견이 나올 테지. 그리고 이번 것은 그 ××병과 같이 실패에 안 돌아가기를 진심으로 바라네.

이것이 C가 들려준 바 K박사의 연구의 성공에서 실패로 또다시 일전(一轉)하여 회개까지의 경로였었다.

독후감

길라잡이

붉은 산

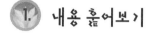
1. 내용 훑어보기

붉은 산

'여(余)'는 의학 연구차 만주를 순례하던 중 가난한 한국 소작인들이 모여 살고 있는 한 마을에 이릅니다. '여(나)'는 그곳에서 '삵'이라 불리는 교포 청년 정익호를 만나게 되지요. 삵은 투전에, 싸움 잘하고, 트집 잘 잡고, 색시에게 덤벼들기 잘하는 소문난 깡패입니다. 삵은 동네 사람들의 미움과 저주에도 아랑곳 않고 제멋대로 행동하는 것은 물론 남의 집을 제 집 드나들 듯했다고 합니다.

한마디로 그는 이 마을에서 암종과도 같은 존재였지요. 동네 사람들은 삵을 쫓아내기로 의견을 모으지만 앞장서는 사람이 없어 실현하지 못합니다.

그러던 어느 날, 송 첨지라는 노인이 소작료를 적게 바쳤다 하여 만주인 지주에게 얻어맞아 죽는 사건이 발생합니다. 마을 사람들은 크게 분노하지만 막상 지주에게 항의 한번 변변히 하지 못하고 말지요.

한편 '여'에게서 송 첨지 이야기를 전해 들은 삵의 얼굴에 비장한 기운이 서리고, 다음날 아침 삵은 동구 밖에서 피투성이가 된 채 발견됩니다. 삵은 혼자 만주인 지주를 찾아가 항의하다가 그런 일을 당한 것이지요. 삵은 '여'와 마을 사람들에게 둘러싸인 채 죽어 가면서 붉은 산과 흰옷이 보인다고 말하며, 애국가를 불

220

러 달라고 합니다. 삶은 마을 사람들이 불러 주는 애국가를 들으며 조용히 눈을 감습니다.

감　자

복녀는 비록 가난하지만 정직한 집안에서 심성 고운 처녀로 자랍니다. 그러나 가난 때문에 열다섯 살 때 늙은 홀아비에게 팔십 원에 팔려 시집을 가게 됩니다. 무능하고 게으른 남편으로 인해 떠돌이 신세가 된 그들 부부는 결국 죄악의 소굴이라 일컬어지는 칠성문 밖 빈민굴로 밀려나게 되지요. 복녀는 조금씩 그곳의 삶에 적응하게 되고 먹고살기 위해 구걸을 합니다.

그러던 어느 날, 빈민 구제를 위해 당국에서 시행하는 송충이잡이에 나갔다가 뜻하지 않게 감독한테 몸을 팔게 되고, 그럼으로써 돈을 쉽게 벌게 된 복녀는 이제 칠성문 밖 다른 여자들처럼 아무런 부끄러움 없이 자신의 몸을 팔기 시작합니다.

어느 날 밤 복녀는 중국인의 밭에 감자를 도둑질하러 갔다가 밭 주인 왕 서방에게 들키게 되지만 처벌 대신 몸을 허락하고 돈까지 받게 되는 일이 일어납니다. 그 뒤부터 복녀는 드러내 놓고 왕 서방과 관계를 맺게 되고, 복녀 부부는 점차 부자가 되었어요. 그러나 왕 서방이 장가를 간다는 말에 화가 난 복녀는 결혼식날 신방으로 뛰어들어가 낫을 휘두르며 위협을 하지만 도리어 왕 서방의 손에 죽임을 당합니다.

왕 서방은 복녀의 남편과 한의사에게 돈을 쥐어 줌으로써 이 사건을 해결하고, 복녀는 뇌일혈로 죽었다는 한방의의 진단으로 공동묘지로 실려 갑니다.

광염 소나타

음악 비평가 K씨는 사회 교화자 모씨에게 정신병원에 있는 백성수의 일대기를 들려주면서 사회 교화자로서의 의견을 묻습니다.

나(K)에게는 천부적인 음악적 재능을 가진 친구가 있었는데, 술을 좋아하고 광포한 성격이었던 그는 유복자를 남겨 놓고 일찍 세상을 떠납니다.

삼십 년의 세월이 흐른 어느 날, 예배당에서 조용히 생각에 잠겨 있던 나는 소란스러운 소리에 밖을 보다가 우연히 불 구경을 하게 됩니다. 그때 한 젊은이가 예배당으로 뛰어들어와 허둥대며 밖을 내다보다가 피아노를 발견하고 미친 듯이 피아노를 연주합니다. 그의 천재적인 음악성에 놀란 나는 악보에 곡을 옮기고, 그가 옛 친구의 아들 백성수라는 사실을 알게 됩니다. 그의 음악적 재능을 기대한 나는 그를 집으로 데려와 다시 그 곡을 연주하게 하고 그가 살아온 이야기를 듣습니다. 그 곡이 바로 〈광염 소나타〉입니다.

백성수는 어진 어머니의 정성스러운 뒷바라지로 곱게 자랐습니다. 아주 온량한 사람으로 성장한 그는 중학을 마쳤으나 어머니를 위해 학업을 중지하고 공정에서 일을 하면서도 음악에 대한 동경과 집착을 키워갔습니다. 그런데 그의 어머니가 병에 걸려 가세가 기울고, 의사를 부를 돈이 없게 되자 그는 담배 가게에서 돈을 훔치려다 붙잡혀 감옥에 가게 됩니다. 옥살이를 하는 동안 결국 어머니는 죽고, 출옥했으나 갈 곳이 없어 헤매다 예배당으로 뛰어들었던 것입니다.

여기까지 말한 K씨는 모씨를 집으로 데려와 백성수의 편지를 보여 줍니다. 그날 그는 무서운 복수심에 담배 가게에 불을 지른 후 야성적 음악성이 살아나 〈광염 소나타〉를 작곡했던 것입니다. 그 뒤에도 그는 좋은 곡을 완성하기 위해 불을 지르게 되었고, 그때마다 한 곡의 음악을 탄생시킵니다. 그러나 더 이상 불은 그에게 자극을 주지 못하고 그의 곡도 시들해집니다.

그러던 어느 날 그는 우연히 발견한 노인의 송장을 처참하게 만든 후 자극을 받아 〈피의 선율〉을 작곡하고, 죽은 여자의 시체를 강간한 후 〈사령〉을 만듭니다. 그리고 마침내 그는 음악을 작곡하기 위해 살인을 하기에까지 이른 거죠.

K씨는 예술 작품을 낳기 위해 다른 것들을 희생시키는 것은 죄악이 아니라고 말하면서 눈물을 번득였습니다.

독후감 길라잡이

광화사

인왕산에 산보를 나온 '여(余)'는 공상에 잠겨 이야기를 만들어 냅니다. 그 이야기의 주인공은 솔거라는 화공입니다. 솔거는 뛰어난 화공이지만 얼굴이 매우 추하여 세상과 등지고 산 속에 들어와 그림에만 몰두한 지 삼십 년이 넘습니다. 두 번 장가를 갔으나 외모 때문에 결혼 생활에 실패한 그는 그림에만 모든 정열을 쏟았습니다.

좀더 다른 색채의 그림을 그리기를 원했던 솔거는 사람을 그리려고 마음먹습니다. 빼어난 미인이자 자신을 유일하게 사랑의 눈빛으로 보아 주었던 어머니의 얼굴을 어렴풋이 기억하는 솔거는 그 기억으로 미인도를 그리려다 아내의 미인도를 그려야겠다고 결심합니다. 자신의 외모 때문에 평생 아내를 가질 수 없었던 그가 세상이 주지 않는 아내를 자신의 붓으로 만들어서 세상을 비웃어 주려고 했던 것이지요.

미인도를 그리기 위해 미녀의 모습을 찾아 헤매던 솔거는 우연히 산 속에서 소경 처녀를 만납니다. 그는 소경 처녀의 동경에 찬 신비로운 눈빛에서 자신이 그토록 찾아다녔던 미인의 모습을 발견합니다. 그는 처녀를 집으로 데려와 용궁 이야기를 해주면서 처녀의 얼굴을 그립니다. 날이 어두워져 눈동자만을 남겨 놓은 채 솔거는 처녀와 부부의 연을 맺습니다.

다음날 그림을 완성하려고 했지만 처녀의 눈은 자신이 찾던 아름다움이 사라진 애욕의 눈으로 변하고 말았습니다. 솔거는 신비로운 눈빛을 되살리려고 애쓰지만 처녀의 눈은 끝내 전날의 아름다움이 되살아나지 못합니다.

이에 화가 난 솔거가 처녀의 멱살을 잡고 흔들다가 놓는 바람에 처녀는 벼루에 부딪혀 죽게 되지요. 이때 뒤집힌 벼루에서 튀어

나온 먹물 방울이 미인도의 눈동자를 완성했는데, 그 눈동자에는
원망의 눈빛이 서려 있었어요. 그 후 정신이 이상해진 솔거는 여
인의 화상을 들고 떠돌다가 어느 눈보라치는 날 미인도를 품은
채 쓸쓸히 죽어 갑니다.

 작품 분석하기

■ 일제 치하의 어두운 삶을 솔직하게 그려

김동인의 작품은 〈감자〉처럼 사실적이며 자연주의적인 경향을
띠고 있거나, 〈광화사〉나 〈광염 소나타〉처럼 탐미적이고 예술 지
상주의적인 경향을 띠고 있습니다. 김동인은 당시 문학의 한 흐
름을 형성하고 있던 이광수의 계몽주의적인 문학에 반발해 인간
의 삶을 있는 그대로 표현하고자 했지요.

그의 대표작인 〈감자〉는 1920년대 평양 칠성문 밖 빈민굴을 무
대로 합니다. 빈민굴이 주는 무질서와 불안정은 일제 치하인
1920년대의 암울한 분위기와 함께 작품 전체에 영향을 미치고
있지요.

이 작품에는 그러한 현실에 대한 구체적인 언급은 없지만 극한
상황에 놓인 한 인간이 어떻게 타락해 가는가를 보여 주면서 일
제라는 현실 속에서 좌절할 수밖에 없는 우리의 삶을 간접적으로
드러내 주고 있습니다.

김동인이 활발하게 활동했던 1920년대와 1930년대는 일제의 식민 통치가 보다 교묘해지고 잔혹해지던 시기였습니다. 1920년대에 주류를 이루었던 카프 문학은 사회적 모순을 드러내고 그것을 해결하기 위하여 사람들을 선동하는 데 목적을 두었지요. 반면 같은 시기에 창작된 김동인의 〈감자〉, 〈광화사〉, 〈배따라기〉 등에는 시대에 대한 인식이 거의 나타나 있지 않습니다. 그렇기 때문에 김동인 문학은 민족 현실에 대한 비판이 결여되어 있다는 비판을 받아오기도 했답니다. 그러나 김동인은 이러한 시대의 흐름 속에서 아무리 추악한 현실이라도 거짓이나 왜곡 없이 사실을 있는 그대로 보여 주는 것이 예술의 역할이라고 생각했습니다. 보다 직접적으로 민족 수난과 민족의식을 드러낸 작품으로는 〈붉은 산〉이 있지요.

그럼 〈붉은 산〉, 〈감자〉, 〈광염 소나타〉, 〈광화사〉를 구체적으로 살펴보면서 그의 작품 세계를 알아 보기로 할까요?

붉은 산

1932년에 발표된 단편으로, 일제 강점기 만주에서 살던 우리 민족이 겪은 수난의 역사를 '삵'이라는 인물을 통해 보여 주는 작품입니다. 〈감자〉처럼 환경에 굴복하는 인물들만 등장하는 김동인의 다른 작품들과 비교해 볼 때 주인공이 환경에 굴복하지 않으려는 의지를 보인다는 점에서, 그리고 직접적으로 민족의식과 역사의식을 드러낸다는 점에서 주목받고 있는 작품입니다.

1인칭 관찰자 시점의 이 작품은 '여'라는 의사가 정익호(삵)라는 인물을 관찰하여, 그의 행동 이면에 깃들어 있는 민족 정신을 밝혀 주고 있습니다. 출신도 고향도 알 수 없는 삵은 투전, 싸움 등 온갖 못된 짓을 일삼는 매우 불량스러운 사람입니다.

이처럼 인간다운 면모라고는 전혀 찾아볼 수 없는 삵이 아무도 엄두조차 내지 못했던 일을 해냅니다. 송 첨지의 억울한 죽음 앞에서 제대로 항의 한번 못하는 우리 민족의 무력함을 박차고 만주인 지주를 찾아가 항의를 했던 것입니다.

이 소설의 절반 가까운 분량이 삵의 인간 됨됨이와 그에 대한 마을 사람들의 태도를 서술하고 있는데, 이것은 작품 후반부에서 삵이 보여 준 충격적인 사건의 의미를 더욱 부각시키는 효과를 가져옵니다.

이 작품에서 삵은 고국을 떠나 낯선 땅에서 살아가야 하는 일제 치하 우리 민족을 상징하며, 송 첨지의 죽음은 우리 민족이 남의 땅에서 겪어야 했던 비극을 의미합니다. 제목 '붉은 산'은 '흰옷'과 함께 조국애 또는 조국 산하와 민족에 대한 향수를 상징하며, 이 작품의 정신적 배경이자 제재이기도 합니다. 보다 구체적으로 붉은 산은 고국의 강토를, 흰옷은 우리 민족을 뜻하는 거지요.

삵은 눈을 감으면서 붉은 산과 흰옷을 그리워하고 애국가를 불러 달라고 부탁하는데 이는 조국에 대한 애정과 향수를 나타내는 것이라 볼 수 있습니다.

붉은 산과 흰옷이 보고 싶다는 삵의 말은 일제의 가혹한 수탈을 견디지 못하고 고국을 떠나 살아갈 수밖에 없는 유랑의 고통을 드러내는 표현이지요. 따라서 이 작품은 김동인의 다른 작품들과는 달리, 민족의 현실에 가까이 접근한 작품이라 할 수 있습니다.

감 자

1925년에 발표된 김동인의 대표작 〈감자〉는 복녀라는 주인공이 환경에 의해 도덕적으로 타락해 가는 과정을 그리고 있습니다. 1920년대 평양의 칠성문 밖 빈민굴을 무대로 사실주의적 기법과 자연주의적 경향이 두드러지게 나타나지요.

복녀의 삶과 그녀가 처한 환경이 상관 관계를 갖고 있다는 점, 즉 나쁜 환경 때문에 도덕성을 잃어버린다는 점에서 자연주의적인 경향을 읽을 수 있습니다. 자연주의는 사람을 동물의 하나로 여기며, 환경이나 본능 등이 인간의 운명을 규정한다고 주장하지요. 작가는 이를 토대로 나쁜 환경이 인간 내면을 파괴하는 것을 사실적으로 보여 주고자 한 것입니다.

그러므로 〈감자〉는 자연주의의 특징인, 인간의 운명은 환경에 의해 결정된다는 '환경 결정론'의 입장에서 인간의 운명을 해석하고 있는 작품이랍니다.

그렇다면 먼저 '복녀'라는 이름과 '감자'라는 제목의 의미를 생각해 봅시다. '복녀(福女)'라는 글자를 풀이해 보면 '복 받은 여인'을 뜻하지만, 이 소설에서 복녀는 결코 복 받은 여인이 아니랍니다. 주인공의 이름을 이렇게 설정한 것은 만어(反語)적인 표현이라고 볼 수 있어요. '반어' 란 무엇일까요? 반어란 의미 전달을 강조하기 위해서 반대의 말을 쓰는 거랍니다.

또한 이 소설의 제목이자 중심 소재인 '감자' 는 복녀가 본격적으로 몸을 팔기 시작하고 결국 죽음에 이르는 계기가 된 사건이 무엇인가를 생각해 볼 때 그것이 담고 있는 상징성을 짐작할 수 있습니다.

작품의 무대는 싸움, 간통, 살인, 도적, 구걸 등 이 세상의 모든 비극의 근원지인 칠성문 밖 빈민굴로, 작품의 앞부분에 제시된 이러한 생활 환경은 앞으로 사건이 어떻게 전개될지 예측할 수 있지요.

칠성문 밖 빈민굴은 윤리 의식이나 도덕성이라고는 존재하지 않는 곳입니다. 그렇기 때문에 이런 곳에서 일어나는 일들은 부도덕하고 비극적일 수밖에 없지요. 그렇다면 복녀는 왜 여기까지 오게 되었을까요?

우리는 복녀의 삶을 이끌어 온 것이 무엇이었는가를 살펴봐야 합니다. 그것은 남편의 게으름과 무능력 때문이기도 하지만 보다 근본적인 이유는 가난이었습니다. 복녀는 가난 때문에 팔십 원에 팔려 시집을 가야 했고, 밥을 구걸해야 했고, 도둑질을 해야 했으며, 몸을 팔기에 이르렀습니다.

마지막에 복녀의 죽음을 놓고 복녀의 남편과 왕 서방, 한의사가 돈을 주고받으며 거래를 하는 모습은 도덕성을 상실한 인간의 모습을 적나라하게 보여 줍니다. 복녀의 죽음 또한 그녀의 질투심 때문이 아니라, 가난이 빚어 낸 생활 환경이 크게 작용한 것이라고 할 수 있지요. 이 작품은 살기 위해 결국 부조리한 환경에 적응할 수밖에 없는 인간의 나약한 모습을 사실적이고 생동감 있게 보여 줍니다.

또한 〈감자〉는 가난한 시대의 한 단면을 보여 주고자 했지만 인간의 부정적인 측면을 표현하는 데 그쳐, 그 당시의 사회적인 모순을 드러내고 그 모순을 해결하기 위한 구체적인 방법을 찾는 데는 미흡하다는 비판을 받아 왔습니다. 그러나 김동인은 힘들게 살아가는 인간의 모습을 객관적이고 사실적으로 묘사하는 데 그 가치를 두었으며, 〈감자〉는 작가의 그러한 노력이 돋보이는 작품이라 할 수 있어요.

광염 소나타

〈광염 소나타〉는 1930년에 발표된 소설로, 다른 작품에서는 볼 수 없는 작가 김동인의 면모를 살필 수 있다는 점에서 주목할 만한 작품입니다.

김동인은 다른 작품에서는 주로 상황에 얽매여 비극적인 결말을 맞이하는 인물을 주인공으로 설정했으나, 〈광염 소나타〉에서는 자신을 비극적인 상황으로 몰아넣는 외적 환경을 극복하려는 적극적인 행동을 취하는 인물을 주인공(백성수)으로 삼고 있습니다. 비극적 상황을 극복하려는 시도는 철저하게 비관주의에 젖어 있는 김동인의 작품 세계에서 또 다른 면모를 보여 주는 점이라고 할 수 있지요.

이 작품은 미에 대한 광기 어린 동경, 혹은 예술 창조의 욕구와 인간성의 희생이라는 독특한 주제를 다루고 있습니다. 시간적·공간적인 제약도 없으며, 주인공 역시 이름만 밝혀 놓았을 뿐 나이나 키, 외모에 대한 묘사가 없습니다. 이야기를 풀어 가는 K씨와 모씨 역시 마찬가지지요. 말하자면 이 소설에서 장소나 시간, 인물의 개성 같은 것은 문제가 되지 않습니다.

이 작품은 오직 K씨의 이야기에 담겨 있는 주제에 그 중요성이 있는 것입니다. K씨는 처음에 '기회'에 대하여 이야기합니다. 만약 어떤 우연한 기회로 한 인간 속에 잠재되어 있던 범죄 본능과 천재적 재능을 동시에 일깨우게 되었을 때, 그것을 축복해야 하느냐, 저주해야 하느냐 하는 문제였죠.

백성수는 천재적인 음악성을 갖고 있지만, 어떤 자극을 통해서만 음악성이 깨어나는 인물입니다. 그는 현실에서 비참하게 버림받은 사람이고, 그것을 극복하기 위해 예술에 몰두합니다. 그리고 예술을 이끌어 내기 위해 광기 어린 행동을 하게 되는 것이지요. 예술적 영감을 얻기 위한 광적인 행위는 하나의 곡을 창작하기 위해 살인을 저지르게 된다는 등식이 형성될 때까지 이어집니다.

백성수가 이토록 작곡의 감흥을 얻기 위해 몸부림치는 이유는 저주스러운 현실에서 도피하여, 미의 세계에서 자아를 찾고자 했기 때문이라고 할 수 있어요. 이처럼 이 작품은 현실을 벗어나려

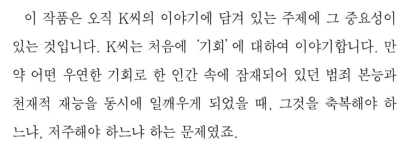

는 마음과 절대미의 동경에서 비롯된 가치의 선악을 초월한 악마적인 탐미 정신이 담겨 있습니다.

K씨는 하찮은 이유로 천재적인 예술가를 희생시켜서는 안 된다고 말합니다. 예술의 완성을 위해서는 변변치 못한 인간들이 희생되어도 상관없다는 주장이라고 할 수 있지요. 그러한 희생 없이 예술을 위한 예술은 이루어질 수 없다는 생각은 김동인의 예술적 가치관을 대변하는 것이랍니다.

광화사

1935년에 발표된 이 작품은 조선 세종 때 한양의 백악(인왕산)을 무대로 하고 있으며, 작가의 개성적인 문체가 잘 드러나 있습니다.

소설은 액자 구성으로, 소설 속에 또 하나의 소설이 들어 있습니다. 어느 날 석양 무렵 인왕산에 산책을 나온 '여(余)'는 자연의 그윽한 정취에 젖어 있다가 문득 하나의 이야기를 구상한 후 이야기 속 주인공 솔거를 만들고 자리에서 일어선다는 내용입니다. 즉, 외부는 현재의 '여(나)'의 이야기로, 내부는 '여'가 구상해 낸 '솔거'의 이야기로 되어 있지요. 또 소설 전체에서 작가의 이야기가 많은 부분을 차지하고 있어, 독자는 작가와 그의 창작 과정을 동시에 볼 수 있고, 그가 창작한 이야기까지 듣게 됩니다.

화공 솔거의 일생을 통해 나타난 현실(세속)과 이상(예술) 세계의 차이, 그리고 미에 대한 광적인 동경이 이 작품의 주제라고 할 수 있지요. 이 소설에서 작가는 이상적인 미를 찾다가 좌절하는 예술가를 그리는 데 목적을 두고 있어요. 따라서 이 작품의 진정한 주인공은 솔거가 아니라 솔거가 그림 속에 담기를 원했던 이상적인 아름다움, 그것을 찾다가 미치고 마는 예술가의 좌절이라고 할 수 있습니다.

〈광화사〉에는 작가의 예술 지상주의적 취향이 주인공 솔거를 통해 잘 드러나고 있습니다. 탐미주의란 미(美)를 창조하는 것을 최고의 목표로 하는 문예사조를 말합니다. 다시 말해 인간의 어떤 가치보다 미를 우선시하는 태도를 뜻하는 거죠. 솔거의 예술에 대한 열정, 대상을 보는 아름다운 눈, 부부의 연을 맺고 난 후 소경 처녀의 눈빛에 일어난 변화, 그에 대한 안타깝고 절망적인 분노는 탐미주의적·예술 지상주의적 경향을 보여 줍니다. 더구나 소경 처녀가 죽으면서 엎은 벼루의 먹물이 튀어 그림의 눈동자를 완성하고, 그 눈동자가 죽은 처녀의 원망스런 눈빛으로 나타나며, 결국 화공이 미치게 되는 결말은 거의 광적인 분위기마저 느끼게 합니다.

김동인은 아름다움에 대한 견해를 여러 글에서 제시하였는데, '선(善)도 미(美)요, 악(惡) 또한 미'라는 말에서 단적으로 드러나듯이 이 작품은 작가의 '미에 대한 광적인 동경'을 보여 줍니다. 이 작품은 모든 것을 희생하고 나서야 훌륭한 예술 작품을 이룰 수 있다는 것, 따라서 예술적 완성은 모든 가치에 우선한다는 작가의 성향을 반영하고 있는 거죠.

독후감 길라잡이

그러나 동시에 솔거의 강렬한 예술혼의 결과가 완벽한 미인도가 아닌 원망의 빛이 서린 미인도라는 점에서 절대미의 추구는 그토록 이루기 힘든 것임을 암시하고 있습니다.

③. 등장인물 알기

붉은 산

정익호 '삵'이라는 별명으로 불리며, 평소 못된 행동으로 마을 사람들의 미움을 삽니다. 그러나 송 첨지의 억울한 죽음을 항의하다가 의로운 죽음을 맞이합니다.

송 첨지 만주 벌판에 흘러든 조선인으로, 부당하게 만주인 지주에게 얻어맞아 죽습니다. 그의 죽음은 당시 우리 민족의 수난을 상징하는 것이라고 할 수 있지요.

여(余) 의사로, 의학 연구차 들른 마을에서 정익호와 우리 동포의 생활을 관찰하면서 이야기를 풀어 나가는 역할을 합니다.

감 자

복녀 이 소설의 주인공으로, 가난하지만 정직하게 자라나 도덕성과 윤리의식을 가지고 있었지만 점차 변해 파멸에 이르게 됩니다. 게으르고 무능력한 남편에게 시집을 간 후 칠성문 밖 빈민굴로까지 흘러들게 되지요. 이곳에서 몸을 팔아 생계를 유지하다가 질투심 때문에 죽음을 맞이하게 됩니다.

　남편　천성이 게으르고 파렴치한 사람입니다. 복녀가 도덕적으로 타락하는 데 결정적인 역할을 합니다.

　왕 서방　중국인 지주로, 여자를 좋아하며 돈으로 모든 일을 처리합니다.

광염 소나타

　백성수　천재적인 음악성을 타고났으나 작곡의 동기를 방화, 시체 강간, 살인 등의 광기 어린 행위에서 얻다가 결국 파멸에 이릅니다.

　K씨　백성수의 후견인인 음악 평론가로, 이야기를 풀어 나가는 역할을 합니다. 예술을 위해서라면 어떤 행위도 죄악이 아니라는 생각을 가지고 있습니다.

　모씨　사회 교화자로, 윤리와 도덕 규범을 중시하는 사람을 대표합니다.

광화사

　여(余)　작중 화자로, 솔거 이야기를 구상합니다.

　솔거　뛰어난 재능을 가졌으나 추한 외모 때문에 세상과 등지고 산 속에서 살아가는 화가입니다. 세상 사람들을 깔보기 위해 미인도를 그리는 데 광적으로 집착하지요. 그의 예술에 대한 집착은 소경 처녀의 죽음이라는 비극을 불러옵니다.

소경 처녀 소박한 성품과 신비로운 아름다움을 지닌 처녀입니다. 산 경치가 아름답다는 말을 듣고 산으로 와 화공을 만나 부부의 연을 맺으나 화공의 손에 죽게 되는 안타까운 운명의 여인이지요.

 4. 작가 들여다보기

김동인은 1900년 10월 2일 평안남도 평양에서 부친 김대윤과 옥씨 사이의 둘째아들로 태어났습니다. 본관은 전주이고, 호는 금동(琴童), 금동인(琴童人), 춘사(春士)입니다. 그의 집안은 8대를 이어온 전주 김씨 가문으로 부유했으며, 그의 부친 김대윤은 평양교회 초대 장로로 활동하기도 했습니다. 유복한 소년 시절을 보낸 그는 숭실중학교에 입학하나 자퇴하고, 1914년 만 14세의 나이로 동경으로 유학을 떠났습니다.

1917년, 메이지학원 중학부를 졸업했으나 부친의 죽음으로 잠시 귀국했습니다. 그리고 평양의 부유한 상인 집안의 김혜인과 결혼한 후 다시 동경으로 건너가 가와바타 미술학교에 입학했습니다.

1919년에는 주요한, 전영택, 김환과 함께 최초의 문학 동인지 《창조》를 발간했습니다. 같은 해에 〈약한 자의 슬픔〉을 발표하면서 작품 활동을 시작하였으나 출판법 위반으로 6개월 징역, 2년

간의 집행 유예를 선고받게 되었습니다. 이후 〈배따라기〉(1921), 〈감자〉(1925) 등의 단편 소설을 쓰고, 1924년에는 첫 창작집 《목숨》을 펴냈습니다.

김동인은 1925년에 크게 유행하던 신경향파 및 프로 문학에 맞서 사실주의 기법을 사용하고 예술 지상주의를 표방하는 순수 문학 운동을 벌였습니다. 그러나 수년 간의 방탕한 생활로 가산을 탕진했을 뿐 아니라, 수리 사업의 실패와 파산, 부인의 가출과 이혼 등 연달아 닥치는 불행과 시련을 겪게 되었죠.

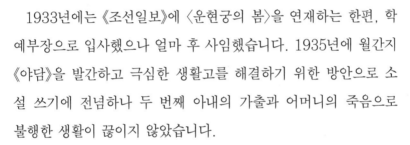

1933년에는 《조선일보》에 〈운현궁의 봄〉을 연재하는 한편, 학예부장으로 입사했으나 얼마 후 사임했습니다. 1935년에 월간지 《야담》을 발간하고 극심한 생활고를 해결하기 위한 방안으로 소설 쓰기에 전념하나 두 번째 아내의 가출과 어머니의 죽음으로 불행한 생활이 끊이지 않았습니다.

병마에 시달리던 1939년, '성전 종군 작가'로 황군 위문을 떠났으나 1942년, '천황 불경죄'로 서대문 감옥에서 옥고를 치렀습니다. 1948년에는 장편 역사소설 《을지문덕》과 단편 〈망국인기〉의 집필에 착수하나 생활고로 중단하고 1951년 한국전쟁 중 서울에서 세상을 떠났습니다.

그럼 김동인의 생애를 연도별로 자세히 알아볼까요?

1900년 10월 2일, 평양에서 부호 김대윤과 옥씨 사이의 둘째 아들로 태어남.

1912년   숭덕소학교를 졸업.

1914년   일본으로 유학을 떠나 메이지학원 중학부에 입학.

1918년   부친상으로 잠시 귀국. 김혜인과 결혼한 후 다시 일본으로 건너가 가와바타 미술학교에 입학.

1919년   가와바타 미술학교 중퇴. 한국 최초의 문예 동인지 《창조》를 간행한 후 귀국. 출판법 위반 혐의로 6개월 간 징역, 2년 간 집행 유예를 선고받음.

1921년   《창조》 속간 문제로 상경하여 진남포, 대구, 경주 등지를 떠돌아다니며 방랑 생활을 함.

1924년   첫 창작집 《목숨》을 출간하고, 《창조》의 후신격인 《영대》를 발간.

1925년   두 번째 방랑 생활을 시작하고 파산함.

1926년   가산을 정리하고 남은 돈 1만 5천 원으로 관개 사업을 시작함.

1928년   영화 〈춘희〉의 제작을 도와 영화 흥행에 힘썼으나 실패함.

1930년   다시 상경. 40여 일 간 조선일보사 학예부에 봉직하고 김경애와 재혼.

1931년   서울 서대문구 행촌동으로 이사. 생활고를 해결하기 위해 신문, 잡지 등에 소설과 사담을 썼으나 생계는 더욱 곤란해짐.

1935년   12월에 월간 《야담》 발간.

1942년 '천황 불경죄'라는 죄명으로 서대문 형무소에서 6개월 간 복역.

1951년 1월 5일, 가족이 피난간 사이 홀로 자택에서 세상을 떠남.

5. 작품 토론하기

1 김동인은 작중 화자(余)를 통해 작품 속에서 이렇게 말하고 있습니다.

'고향을 떠난 만리 밖에서 학대받는 인종의 가엾음을 생각하고 그 밤은 여(余)도 잠을 못 이루었다. 그 억울함을 호소할 곳도 못 가진 우리의 처지를 생각하고 여도 눈물을 금치 못하였다.'

1930년대 일제의 탄압과 우리 민족의 생활상을 생각하며, 왜 우리 민족이 그런 처지에 놓이게 되었는지 자신의 생각을 말해 봅시다.

▶〈붉은 산〉에는 일제 치하 만주에서 학대받는 우리 민족의 모습이 담겨져 있습니다. 이 작품을 제대로 읽기 위해서는 그 당시의 시대 상황을 먼저 이해해야 할 필요가 있어요. 왜 우리 민족은 만주라는 먼 땅까지 가서 고된 삶을 살아야 했는지 생각해 봅시

다.

2 '붉은 산'이 상징하는 것은 무엇인지 얘기해 봅시다.

➡주인공 삵은 학대받으면서 살 수밖에 없었던 우리 민족을 대신하여 중국인 지주에게 복수를 하고 죽음을 맞이하게 됩니다. 죽는 순간 그는 붉은 산과 흰 옷이 보고 싶다고 말하지요. 고국을 등지고 만주라는 땅에서 핍박받으며 살았던 우리 민족의 설움과 관련지어서 붉은 산과 흰옷이 상징하는 것이 무엇인지 생각해 봅시다.

3 〈감자〉에서 복녀의 비극적 결말의 책임은 궁극적으로 어디에 있다고 생각하나요? 그 비극적 결말이 복녀 자신의 책임이라고 보는지, 아니면 가난이 빚어 낸 생활 환경 때문이라고 생각하는지 함께 생각해 볼까요?

➡〈감자〉는 '인간은 환경의 논리에 지배당할 수밖에 없다.'는 환경결정론의 입장을 보여주고 있는 작품입니다. 복녀는 자신의 환경에 의해 타락을 거듭하게 되었고 나중에는 죽음에까지 이르게 됩니다. 그러나 '복녀의 죽음'은 여러 각도에서 해석해 보아야 할 문제입니다. 가난이 빚어낸 생활 환경 때문에 결국 죽음에 이른 것이라고도 볼 수 있지만, 복녀 자신의 소유욕이나 질투심이

빚어낸 결과라고도 할 수 있을 것입니다.

> **4** 〈광화사〉는 이상적인 아름다움을 그림에 담기를 원했던
> 화가가 그것을 찾다가 결국 미치게 되는 예술가의 좌절을 그린
> 이야기입니다. 이 소설에 나타난 작가의 예술 지상주의적이고
> 유미주의적인 성향에 대해 어떻게 생각하는지 얘기해 봅시다.

➡솔거는 완벽한 미인도를 그리고 싶었습니다. 하지만 소경 처
녀로 인해 완성할 수 없게 되자 그는 처녀를 죽이게 됩니다. 이
장면에서 작가의 예술 지상주의적인 성향을 엿볼 수가 있습니다.
예술에 최고의 가치를 부여하고, 예술에 탐닉하는 주인공의 행동
은 예술의 탄생이라는 점에서 정당화될 수 있다고 생각할 수도
있고, 광적인 탐닉을 비판할 수도 있을 것입니다.

6. 독후감 예시하기

▌독후감 1 ▌ 국가와 민족의 존재 가치를 일깨워
　　　　　　　　　　　　 — 〈붉은 산〉을 읽고

　김동인의 〈붉은 산〉은 1930년대 초, 조국을 떠나 만주에서 힘
겹게 살아가고 있는 우리 민족의 모습을 그린 작품이다. 책을 읽
으면서 1930년대라는 시대와 만주라는 색다른 공간에 대해 생각

해 보았다.

1930년대는 일제가 조선의 공업화를 진행하고, 농촌에 대한 통제를 더욱 강화하면서 직접적인 탄압을 가했던 시기다. 당시 우리 민족의 대부분을 차지하던 농민들은 몰락에 몰락을 거듭하여, 비료값이나 농기구값을 지주에게 빌리지 않고서는 농사를 지을 수조차 없는 처지였다고 한다.

더 이상 고향에서 농사를 지을 수 없게 된 농민들은 여기저기를 떠돌며 겨우 목숨을 이어 갈 수밖에 없었던 것이다. 이때 만주나 일본 등지로 흘러 들어간 사람도 많았다고 한다. 이 작품의 배경이 되는 만주의 한 마을도 그렇게 고향을 떠나온 우리 민족들이 모여 살게 된 곳일 것이다.

〈붉은 산〉에서 주요 사건은 송 첨지의 죽음과 삵의 죽음이다. 송 첨지의 죽음은 마을 사람들의 분노를 불러일으킨다. 그러나 남의 땅에서 소작농으로 살아가는 현실 앞에서 그들은 무기력할 수밖에 없었다. 억울하게 죽은 송 첨지의 시신 앞에서 우리 민족이 할 수 있는 일은 아무것도 없었던 것이다. 나라를 빼앗겼기 때문에, 힘이 없기 때문에 학대받으면서도 제대로 항의조차 못하는 그들을 보며 가슴이 답답해졌다. 그러나 그들을 용기 없다고 탓할 수만도 없다. 다만 어쩔 수 없는 그들의 처지가 안타까울 뿐이었다. 우리 민족이 만주로 가기까지 얼마나 많은 서러움을 당했을까. 가혹한 일제의 탄압을 피해, 만주에 가면 농사짓고 잘살 수 있다는 말만 듣고 그 먼 길을 걸어갔다고 한다. 하지만 그곳에도 그들이 꿈꾸는 생활은 없었다. 남의 땅에서 만주인의 소작농으로 살아가는 일은 또 얼마나 힘들었을까.

이 작품을 읽으면서 조국이 얼마나 소중한지 새삼 느낄 수 있었다. 송 첨지의 죽음은 우리 민족이 힘없기 때문에 당할 수밖에 없었던 비극이다. 이 작품에서 작가가 보여주고자 한 것은 아마 우리 민족이 당했던 나라 잃은 서러움과 빼앗긴 나라를 찾아야 한다는 굳은 의지였을 것이다. 고향을 떠난 만리 밖에서 학대받는 인종의 가엾음, 그 억울함을 호소할 곳도 없었던 우리 민족의 처지를 작가는 잘 묘사하였다.

그러나 삵의 죽음이 주는 의미는 특별하다. 그는 송 첨지의 억울한 죽음에 다른 사람들처럼 가만히 있지 않았다. 그의 죽음은 민족을 위한 희생이었다.

삵은 당시 떠돌아다니던 우리 민족의 삶을 대변해 주는 인물이라 할 수 있다. 온갖 못된 짓은 다 일삼고 다니는 망나니 같은 사람이지만 나는 그에게서 미움보다는 슬픔을 더 많이 느꼈다. 그는 겉으로는 나쁜 행동을 해 마을 사람들의 미움을 사지만, 한 번도 자신의 이야기를 해본 적이 없다. 그가 못된 행동을 일삼게 된 것은 어쩌면 고향을 떠나 만주로 올 수밖에 없었던 자신의 삶에 대한 분노가 아니었을까.

그런데 동네 사람들이 그렇게 미워하고 암종처럼 생각하던 삵이 송 첨지의 죽음 앞에서 분노를 터뜨렸던 것이다. 삵이 죽어 가면서 붉은 산과 흰옷이, 즉 조국 강토와 우리 민족의 모습이 보고

독후감 길라잡이

싶다고 한 말은 오늘을 살아가는 우리에게도 조국과 민족이 얼마나 소중한지 깨닫게 해준다.

▌독후감 2 ▌ 복녀의 몰락 과정을 비극적으로 그린 자연주의 소설

— 〈감자〉를 읽고

〈감자〉를 처음 읽는 것은 아니었으나, 다시 읽으니 그 느낌이 새롭게 다가왔다.

〈감자〉는 김동인의 대표작으로 자연주의적 경향이 뚜렷한 작품이다. 주인공 복녀는 가난 때문에 도덕성을 잃고 아무런 부끄러움 없이 몸을 팔게 된다. 복녀가 파멸해 가는 과정을 통해 인간은 환경에 지배당할 수밖에 없다는 생각이 들어 씁쓸함이 남았다. 나도 모르게 부정적 환경에 맞서 끝까지 올바른 가치를 지키는 인간의 모습을 발견하고 싶은 마음이 생겼기 때문일 것이다.

〈감자〉에는 1920년대 일제 치하에서의 가난하고 헐벗은 우리 민족의 삶이 담겨 있다. 복녀는 가난 때문에 팔십 원에 팔려 결혼을 했고, 남편의 게으름과 무능력 때문에 살길을 찾아 여기저기 떠돌다가 끝내는 칠성문 밖 빈민굴에 정착하게 된다. 그때까지만 해도 복녀는 윤리 의식을 가진 여인이었다. 구걸을 하면서 창피한 줄을 알았고, 매춘을 해서는 안 되는 일로 알았다.

그러나 복녀의 인생관은 변하고 말았다. 먹고사는 게 더 중요했기 때문이다. 송충이잡이를 나갔다가 감독에게 몸을 팔아 일 안하고 품삯을 많이 받는 인부가 된 것을 계기로 복녀는 도덕성을 잃어버렸다.

복녀는 감자를 훔치다 관계를 맺게 된 중국인 왕 서방과 드러내 놓고 관계를 하며 빈민굴의 부자가 되기에 이른다. 어쩌면 매춘은 복녀가 아는 가장 편하게 돈을 버는 방법이었을 것이다.

물론 힘들지만 도덕적으로 살아가는 방법이 전혀 없지는 않았을 것이다. 하지만 복녀의 매춘은 가난에 허덕이던 그녀가 살아가기 위해 어쩔 수 없이 선택한 것으로 이해해야 하지 않을까.

독후감 길라잡이

이 소설은 복녀 한 사람만의 이야기가 아니다. 〈감자〉는 복녀의 이야기이면서 그녀와 같은 삶을 그 시대의 사람들이 살았음을 이야기하고 있는 것이다. 일제의 식민 통치가 가혹했던 1920년대, 그것도 가장 빈곤한 사람들이 모여 있는 빈민굴에서의 삶이 얼마나 고통스러웠을까. 가장 암울했던 시대에, 가장 가난하고 가장 도덕적으로 타락한 곳에 처한 인간이 어떻게 파멸에 이르는지를 작가는 사실적으로 보여 주었다.

가장 가슴 아팠던 부분은 복녀의 시체를 두고 남편과 왕 서방과 한의사 사이에 거래가 이루어지는 장면이었다. 죽음 앞에서 인간이 가져야 할 기본적인 예의조차 버린 그들에게서 삶의 서글픔마저 느꼈다. 나는 복녀의 죽음을 그녀의 책임이라기보다는 가난이 빚어 낸 생활 환경 때문이라고 생각한다. 그녀가 처한 극한 상황은 도덕을 판가름하는 가치 기준도, 인생을 바라보는 눈도 변하게 만들었던 것이다. 그래야만 살 수 있었기 때문이다. 누구나 극한 상황에 처하면 복녀처럼 될 수가 있을 것이다. 비록 그것이 잘못된 길일지라도 그럴 수밖에 없기 때문에 그렇게 행동하는 사람들을 조금은 이해할 수 있을 것 같다.

독후감

제대로 쓰기

1. 책을 읽기 전에

우리는 책을 통해서 지식을 쌓고 학문을 연마하게 됩니다. 또한 교양을 얻고 수양을 쌓게 되지요. 그리하여 즐겁고 보람 있는 생활을 할 수 있는 것입니다. 이러한 습관이 지속된다면 이것이 곧 나의 생활 자체가 되고, 책을 읽는 시간이 얼마나 가치 있고 즐거운 시간인지 깨닫게 될 것입니다.

독후감을 쓰기 위해서는 책을 읽어야 함은 말할 것도 없습니다. 그러나 아무 책이나 읽는다고 다 좋은 것은 아닙니다. 특히 중학생은 아직 양서를 구별할 만한 충분한 지식을 갖추지 못했기 때문에 선생님 혹은 부모님, 그리고 선배들이 권하는 책이나, 이미 국내적으로나 세계적으로 잘 알려진 명작이나 명저를 찾아 읽는 것이 바른 방법이라고 볼 수 있습니다. 예컨대 사회적으로 존경받을 만한 사람들의 일대기를 그린 위인전이나 자서전 같은 것은 읽을 가치가 있으며, 명시 모음집이나 명작 소설, 특정한 분야의 관찰기, 평론집 같은 것도 좋은 읽을거리가 될 수 있습니다.

그럼 효율적인 독서를 위해서 어떤 점에 유의해야 할지 알아볼까요?

첫째, 본문을 읽기 전에 책의 앞부분에 있는 머리말이나 해설하는 글을 먼저 정독합니다. 그러면 책을 쓰게 된 동기나 평가 등에 대하여 잘 알 수 있게 되죠.

둘째, 목차를 잘 살펴봅니다. 목차에서 그 책의 내용이 어떻게 전개될 것인가에 대해 미리 파악할 수 있기 때문입니다.

셋째, 본문을 읽기 시작하면, 그 중에 잘 모르는 단어나 문구가 나오기 마련입니다. 그런 것은 곧 사전을 찾아 뜻을 알아두어야 합니다. 그런 것을 무시했다가는 자칫 전체를 이해하지 못하는 오류를 범할 수 있거든요.

넷째, 각 문단별로 소주제가 무엇인지를 파악하고, 그 줄거리를 요약하는 습관을 길러야 합니다. 특히 필자가 표현하려는 것과 그 뒷받침되는 내용이 무엇인지 알아내는 것이 필수겠지요.

다섯째, 글의 배경은 무엇인지, 앞뒤 맥락이 어떻게 이어지고 있는지를 잘 생각하면서 읽어야 합니다. 그리고 소설일 경우에는 주인공과 등장인물들의 성격이나 특성을 파악하는 것이 무엇보다 중요하겠지요.

여섯째, 다 읽은 다음에는 줄거리를 만들어 보고, 전체적인 주제가 무엇인지 정리하는 작업도 필요합니다.

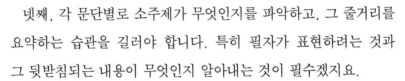

2. 책을 감상하는 방법

책을 읽을 때는 내용을 진지하게 파고들어 가며 읽어야 합니다. 즉 자기의 현재 생활과 비교해 가면서 생각의 폭과 사고를 넓혀 나가는 것이 중요하답니다. 그리고 작품의 문체·제목·주제·논제 등도 염두에 두고 읽으면 나중에 독후감을 쓰기가 좀더 수월

해집니다.

그리고 저자가 강조하고 있는 내용과 사건들이 현재 우리 사회에 어떤 의미를 가지고 있으며 어떻게 발전시켜 나가야 할 것인가를 생각하며 읽습니다. 더불어 저자가 작품에서 강조하려고 하는 것이 무엇인가를 파악하며 읽을 필요가 있습니다. 그렇다고 굉장한 부담을 느끼면서 책을 읽을 필요는 없습니다. 책 읽는 것 자체를 즐긴다면 그리 깊게 생각하지 않아도 작가가 말하려는 바를 깨닫게 될 테니까요.

그렇다면 각 문학 장르에 따라 어떤 점에 유념하여 책을 읽어야 하는지 알아볼까요?

‖ **소설** ‖ 작품의 주제를 파악하고 작중 인물의 성격과 배경을 생각하며 주인공이 어떻게 변화되어 가고 있는가를 염두에 두고 읽습니다. 자신의 생각이나 현실과 결부시켜 보는 것도 재미를 배가시켜 줄 거예요.

‖ **시** ‖ 선입견을 갖지 않고 그대로 느낌을 받아들이며 읽습니다.

‖ **희곡** ‖ 무대 상연을 전제로 하여 쓰여진 것이기 때문에 시간적·공간적 제약을 받는다는 것을 염두에 두어야 합니다.

‖ **역사 소설** ‖ 인물·사건 등을 작가가 상상력에 의존하여 구성한 글로서, 항상 계몽사상이나 민족의식 고취 등 어떤 목적이 들어 있는지를 파악하며 읽어야 합니다.

┃역사┃ 역사는 역사 소설과는 구분지어야 합니다. 이것은 정확한 기록으로 글쓴이의 주관적 해석이 들어 있을 수 없으며, 시간의 흐름에 따라 사건을 나열한 것임을 생각해야 합니다.

┃수필┃ 지은이의 인생관이 들어 있습니다. 심리적 부담감이 적으므로 편안한 마음으로 읽을 수 있습니다.

┃전기문┃ 인물의 정신, 자취, 시대적 배경과 사회적 환경을 먼저 파악해야 합니다.

┃과학 도서┃ 미지의 세계에 대한 탐구심, 합리적 사고력 배양, 지식과 정보의 입수, 창의력을 기르는 데 도움이 되므로 평소 이에 대한 흥미를 갖는 것이 중요합니다.

독후감 제대로 쓰기

③ 독후감이란 무엇인가?

독후감은 말 그대로 어떤 글이나 책을 읽고, 그에 대한 느낌이나 생각을 쓰는 것입니다. 좋은 책을 읽고 그것을 정리해 두지 않는다면 곧 그 내용을 잊어버려, 독서를 한 만큼의 가치를 얻지 못할 수도 있으니까요. 그러므로 한 권의 책을 읽으면 곧 그 책의 내용을 정리하고, 느낌이나 생각을 적어 두는 것이 좋습니다.

독후감은 느낌이나 생각을 거짓 없이 써야 하나, 그렇다고 아무렇게나 써도 되는 것은 아닙니다. 즉 독후감도 글이므로 수필의 형식으로 쓰든, 논술의 형식으로 쓰든, 정확하게 읽고 주제와 내

용에 맞게 써야 함은 물론이죠. 아무리 좋은 글이나 책이라도, 잘못 읽어 실제와 맞지 않는 생각이나 느낌을 쓰면 좋은 독후감이라고 할 수 없거든요. 그러므로 좋은 독후감을 쓰려면 독서를 잘해야 한다는 것이 전제됩니다. 독서를 잘하는 방법은 따로 있는 게 아니라, 그저 많이 읽다 보면 요령이 생기고, 이해도 쉽게 되며, 능률도 오르게 되는 것입니다.

 ## 4. 독후감은 왜 쓰는가?

독후감을 쓰는 목적은 독후감을 작성함으로써 독서하는 능력이 향상되고 글 쓰는 훈련을 할 수 있기 때문입니다. 그러므로 독후감을 쓰기 위해 책을 읽으면 보다 깊은 생각을 하면서 책을 읽게 됩니다. 또한 책을 통해 생활을 반성하며, 책에서 얻은 지식과 감명을 음미하여 자기 생활에 적용시킬 수 있습니다. 문장력과 논리적 사고가 향상되는 것은 물론이고요! 그럼 독후감을 왜 쓰는지 다음과 같이 정리해 볼까요?

1 읽은 책의 내용을 되살려 다시 음미해 볼 수 있습니다.
2 감동을 간직하고 책 읽는 보람을 얻을 수 있습니다.
3 책을 통해 지식을 심화시킬 수 있습니다.
4 책을 통해 자신의 문제를 연관지어 볼 수 있습니다.
5 글을 써 봄으로 해서 생각을 깊이 있게 할 수 있습니다.

⑥ 독서 목표를 확실히 할 수 있습니다.

⑦ 작품에 대한 비판력과 변별력을 기를 수 있습니다.

⑧ 자신의 생각을 조리 있게 쓸 수 있는 작문력을 향상시켜 줍니다.

⑨ 사고력과 논리력, 추리력을 기를 수 있습니다.

⑩ 바르게 책을 읽는 습관을 형성할 수 있습니다.

🔵 5. 독후감을 쓰기 전에 생각하기

독후감은 수필의 형식이든 논술의 형식으로든 쓸 수 있다고 했는데, 사실 이 둘의 차이는 모호합니다. 다만, 수필이 자유롭게 붓 가는 대로 쓰는 것이라면 논술은 논리 정연하게 쓴다는 점이 다르다고 할 수 있습니다.

붓 가는 대로 자유롭게 수필의 형식으로 쓰는 독후감이라도 글의 앞뒤가 맞지 않는다든지, 주제가 통일되지 않으면 좋은 평가를 받을 수 없습니다. 논리 정연하게 쓰는 독후감이라면, 서론·본론·결론으로 나누어 서술해야 함은 물론이구요.

서론에 해당되는 부분에서는 그 책에 대한 소개나 쓴 사람의 생애, 또는 특기할 만한 일화 같은 것을 적는 것이 일반적입니다.

본론에 해당하는 부분에서는 그 책을 읽고 특별히 다루려는 내용을 체계적이고 구체적으로 써야 합니다.

결론에서는 본론에서 다룬 내용을 요약하거나, 자신이 읽은 후의 감상, 그 책의 좋은 점, 나쁜 점 등을 들어서 마무리를 해야 합니다.

독후감은 짧게 쓰는 것이 상례이므로, 작품 전체를 거론하기보다는 특정한 주제를 잡아서 쓰는 것이 좋습니다. 보편적으로 다룰 수 있는 몇 가지 주제를 제시해 보면 다음과 같습니다.

첫째, 작가의 의식이나 주인공의 언행, 성격과 연관지어 주제를 구현시키는 방법입니다. 문학 작품이라면 주제가 애정이나 애국, 의리나 배반일 수 있으므로 이러한 점에 초점을 두고 써야겠지요. 또한 과학에 관계된 것이라면, 그 발명의 의의나 연구자의 노력과 관련시켜 서술해야 하겠지요.

둘째, 저자의 이념이나 생애, 업적에 관심을 두고 쓰는 방법입니다.

그 작품을 통하여 알 수 있는 저자의 철학이나 사상 또는 저자가 그 작품을 남기기까지의 역경이나 작품을 쓰게 된 동기, 작품의 가치나 다른 작품에 미친 영향 등 작품과 연관시켜 쓰는 것이지요.

셋째, 작품의 내용을 중심으로 기술합니다

예컨대, 작품 속 주인공의 성격을 분석하거나 다른 사람과 비교해 볼 수도 있고, 그 작품의 사건이나 시대적 배경을 논의하거나, 작품의 구성 같은 것에 초점을 두고 이야기할 수도 있습니다.

이와 같이 작품을 읽기 전에 먼저 어떤 점에 중짐을 두고 독후감을 쓸 것인가를 염두에 둔다면, 그렇지 않은 경우보다 훨씬 이해가 쉽고, 나중에 독후감을 쓰는 데도 도움이 될 것입니다.

6. 독후감의 여러 가지 유형

1. 처음에 결론부터 쓴 다음 왜 그러한 결론이 도출되었는지 자기의 감상을 자세하게 쓰거나 또는 감상을 먼저 쓰고 결론을 씁니다.

2. 책을 읽게 된 동기부터 설명하고 글 중간에 자기의 감상을 씁니다.

3. 저자나 친구에 대한 편지 형식으로 감상을 쓰거나 주인공에게 대화 형식으로 씁니다.

4. 시(詩)의 형태로 감상문을 씁니다.

5. 대화문(對話文) 형식으로 씁니다.

6. 줄거리부터 요약한 다음 자기의 느낌이나 생각을 씁니다.

7. 독후감을 구체적으로 쓰는 방법

어렵게 쓰겠다는 생각은 하지 말고 쉽게 써야겠다는 마음가짐을 가져야 좋은 글이 나올 수 있습니다. 그리고 무엇보다 감상문을 쓰기 전에 무엇을 어떻게 쓸까 조목별로 골자를 먼저 쓰고, 이 골자에 살을 붙이는 방법으로 쓰려고 노력해야 합니다. 이때 의도적으로 아름답게 잘 쓰려고 하지 않는 것이 좋습니다. 자, 그럼 더 자세하게 알아볼까요?

1. 먼저 제목을 붙입니다.

2. 처음 부분(머리글)을 씁니다.

  ⫸ 책을 읽게 된 이유나 책을 대했을 때의 느낌을 씁니다.

  ⫸ 자신의 생활 경험과 관련지어 써 봅니다.

  ⫸ 제일 감동받은 부분을 씁니다.

  ⫸ 지은이나 주인공을 소개하는 글을 씁니다.

3. 가운데 부분을 씁니다.

  ⫸ 자기의 생활과 견주어 씁니다.

  ⫸ 주인공과 나의 경우를 비교해서 씁니다.

  ⫸ 시시비비를 분명히 가려야 합니다.

  ⫸ 가장 극적이었던 부분을 소개합니다.

4. 끝부분을 씁니다.

  ⫸ 자신의 느낌을 정리합니다.

  ⫸ 자신의 각오를 씁니다.

독후감을 쓴 다음에는 다음과 같은 추고의 과정이 필요합니다.

첫째, 쓴 글을 다시 한 번 읽으면서 맞춤법이나 표준어 규정에 어긋나는 것은 없는지 살펴봐야 합니다.

둘째, 문장이 잘 구성되어 있는지, 또 문단이 잘 짜여져 있는지 알아보아야 합니다. 한 문단에는 소주제문과 보조문들이 있어야 하는데, 그런 점이 잘 지켜져 있는지 유의해야 합니다.

셋째, 글 전체의 구성이 잘 이루어졌는지 살펴봅니다. 예를 들어 서론에 해당하는 부분이 지나치게 길다든지, 결론에 해당하는 부분이 너무 짧다든지, 전체적인 구성이 균형을 잃고 있다면 다시 고쳐 써야 하겠지요.

우리가 시간을 들여 열심히 책을 읽고 난 후 독후감을 잘 쓰기 위해서는 책을 읽고 있는 동안의 느낌을 잊지 않고 글로써 표현할 줄 알아야 하며, 책을 읽고 가장 감명받은 부분을 기억하고 있어야 합니다. 또한 다른 사람들은 어떻게 독후감을 썼는지 남의 것을 읽어 보고, 자신의 것과 비교해 보며 자주 글을 써 보는 것이 중요합니다. 그렇게 하다 보면 자신만의 개성 있는 필치로 독특한 감상문을 쓸 수 있게 되지요. 학교에서 아무리 독후감 숙제를 내주어도 부담없이 즐거운 기분으로 끝낼 수 있을 겁니다!

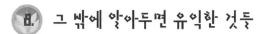
8. 그 밖에 알아두면 유익한 것들

┃ 독후감 쓰기 10대 원칙 ┃

1. 자신의 수준에 맞는 책을 선택합시다.
2. 독후감 쓰는 형식이 있기는 하지만 너무 거기에 구애받을 필

요는 없습니다.

3. 자신이 작가라면 어떻게 글을 이끌어갈지를 생각하며 읽어 봅시다.

4. 평소 음악 평론이나 영화 평론을 많이 읽어 봅시다.

5. 읽으면서 마음에 와닿는 것이 있다면 따로 적어 둡시다.

6. 현대 사회의 문제점과 비교하면서 읽어 봅시다.

7. 모르는 것이 있으면 적어 두는 습관을 기릅시다.

8. 신문 사설이나 칼럼을 스크랩해서 필요할 때 사용합시다.

9. 요약하는 데에만 집착하지 말고 제대로 책을 읽읍시다.

10. 읽은 후에는 꼭 독후감을 직접 써 봅시다.

▌ 책을 읽는 10가지 방법 ▌

1. 아주 어릴 때부터 책과 친하게 지내는 습관을 기릅시다.

2. 너무 속독하려 하지 말고 담겨진 내용을 충실히 읽는 습관을 기릅시다.

3. 항상 작품이 나와 어떠한 상관 관계가 있는지 체크를 해 가며 읽읍시다.

4. 무조건 책장을 넘길 것이 아니라 시시비비를 가려 가면서 읽읍시다.

5. 매일매일 조금씩이라도 책을 읽는 습관을 들입시다.

6. 책 속에 담긴 뜻을 음미하고 되새기면서 읽읍시다.

7. 너무 자신의 취향에 맞는 책만 읽지 말고 다양한 장르의 책

을 골고루 읽도록 합시다.

8. 책 속에 담겨진 교훈을 깊이 생각하고 생활에 적용시킵시다.

9. 책에 따라 읽는 방법을 달리하는 습관을 들입시다. 모든 책이 만화책은 아니기 때문이죠.

10. 바른 자세로 앉아 눈과의 거리를 30cm 두고 밝은 곳에서 읽읍시다.

원고지 제대로 사용하기

▌ 제목 및 첫 장 쓰기 ▌

1. 제목은 석 줄을 잡아 둘째 줄 가운데에 씁니다.

2. 1행 2칸부터 글의 종별을 표시합니다. 가령 수필이면 '수필'이라고 씁니다. 간혹 글의 종별을 표시 없이 비워 두는 경우가 많은데 이는 적는 것을 잊었거나, 원고지 사용법에 무관심하기 때문입니다.

3. 제목을 쓸 때에는 마침표를 찍지 않고, 물음표와 느낌표는 붙이지 않는 것이 좋습니다.

4. 제목에 줄임표는 사용하지 않는 것이 상례입니다.

5. 이름은 넷째 줄 끝에 두 칸 정도를 남기고 씁니다. 특별한 경우에는 서너 칸을 남겨도 됩니다.

6. 성과 이름은 붙여 씁니다. 다만, 성과 이름을 분명히 구별할

259

필요가 있을 경우에는 띄어 쓸 수 있습니다. 예) 임채후(○), 남궁석(○), 남궁 석(○)

7. 본문은 여섯째 줄부터 쓰는 것이 좋습니다. 단, 특수한 작문인 경우는 적절히 올려 넷째 줄부터 본문을 시작해도 상관없습니다.

8. 학교 이름이나 주소가 길 경우에는 세 줄을 잡아 쓸 수 있습니다.

9. 주소는 보통 표제지에 기재하고 원고지 첫 장에는 제목과 성명만 간단하게 적는 것이 상례입니다.

10. 성명의 각 글자는 시각적 효과를 위해 널찍하게 한두 칸씩 비워 써도 무방합니다.

11. 학교 앞에 지명을 기입할 때는 학교명을 모두 붙여 써서 지방을 표시하는 지명과 학교명의 구분을 명확히 해 주는 것이 좋습니다.

▌첫 칸 비우기 ▌

1. 각 문단이 시작될 때는 첫 칸을 비우고 씁니다.

2. 대화체의 경우는 첫 칸을 비우고 씁니다.

3. 인용문이 길 때는 행을 따로 잡아 쓰되, 인용 부분 전체를 한 칸 들여서 씁니다.

4. 첫째, 둘째, 셋째 등으로 이야기를 전개해야 할 때는 시작할 때마다 첫 칸을 비울 수 있습니다. 단, 그 길이가 길거나 제시된

내용을 선명하게 하고자 할 때 비워 둡니다.

5. 시는 처음 두 칸 정도 줄마다 비우고 씁니다.

▌줄 바꾸기 ▌

1. 문단이 바뀔 때는 줄을 바꾸어 씁니다.

2. 대화는 줄을 새로 잡아 씁니다.

3. 인용문을 시작할 때는 줄을 바꾸어 씁니다. 단, 그 길이가 길

때 한해서입니다.

4. 대화나 인용문 뒤에 이어지는 지문은 글이 다시 시작되는 것
이므로 한 칸을 들여 씁니다. 단, 이어 받는 말로 시작되는 지문
은 첫 칸부터 씁니다.

▌문장 부호 및 아라비아 숫자, 영문자 ▌

1. 문장 부호는 한 칸에 하나씩 넣는 것이 원칙입니다.

2. 아라바아 숫자는 한 칸에 두 자씩 넣습니다.

3. 한자(漢字)로 쓸 때는 띄어 쓰지 않습니다. 그러나 한자와 한
글이 함께 쓰이면 띄어 쓰기를 합니다.

4. 마침표(.)와 쉼표(,) 다음에는 통례상 한 칸을 비우지 않으
며, 느낌표(!), 물음표(?) 다음에는 통례상 한 칸을 비웁니다.

5. 행의 첫 칸에는 문장 부호를 쓰지 않습니다. 첫 칸에 문장 부
호를 써야 할 경우는 그 바로 윗줄의 마지막 칸에 글자와 함께 씁
니다.

6. 영문자의 경우, 대문자는 한 칸에 한 글자, 소문자는 한 칸에 두 글자씩 넣습니다.

🔟 문장 부호 바로 알고 쓰기

1. 마침표 : 문장을 끝마치고 찍는 문장 부호로 온점(.), 물음표 (?), 느낌표(!)를 이르는 말입니다.

2. 쉼표 : 문장 중간에 찍는 반점(,) 가운뎃점(·) 쌍점(:) 빗금 (/)을 이르는 말입니다.

3. 따옴표 : 대화, 인용, 특별어구를 나타낼 때 쓰는 문장 부호 로 큰따옴표(" ")와 작은따옴표(' ')를 씁니다.

4. 그 밖의 문장 부호 : 물결표(~)는 '내지(얼마에서 얼마까지)'라는 뜻에 씁니다. 줄임표(……)는 할말을 줄였을 때와 말이 없음을 나타낼 때 씁니다.

11. 마치며

초등학교나 중학교에서는 독후감이라는 말을 사용하지만 고등 학교에 가게 되면 독후감이라는 말보다는 아마 논술이라는 말을 더 많이 쓰고 더 많이 듣게 될 것입니다. 논술이란 말 그대로 어떠한 논제를 가지고 논리적으로 서술하는 것을 말하는데, 이는 하루아침에 이루어지는 능력이 아니랍니다. 다양한 분야의 많은 것을 폭넓고 깊이 있게 알고, 자기의 주관을 뚜렷이 할 때만이 논술을 잘 쓰게 되는 것이지요. 그러기 위해서는 중학교 시절부터 많은 책을 읽어 보고 스스로 글을 써 보는 훈련을 하는 것이 중요합니다.

　실제로 고등학교에 가면 교과목 공부에도 시간이 모자라 제대로 책을 읽을 시간이 없거든요. 무엇을 알아야 글을 쓸 것이고, 자신의 주장을 피력할 것 아니겠어요? 그러니 조금이라도 시간이 더 있는 중학생 시절에 좋은 책을 많이 읽어 보고, 생각해 보며, 글을 써 보는 노력을 하는 것이 여러분의 미래를 더욱 밝게 해줄 것입니다. 시간도 절약이 되고요. 아마 그렇게 한 사람은 그렇지 않은 사람보다 10리쯤 앞서 나가지 않을까 생각되는데 여러분 생각은 어떠세요?

독후감 제대로 쓰기

‖성 낙 수‖
한국교원대학교 교수, 연세대학교 졸업, 동 대학원에서 석사·박사 학위 받음.

‖유 의 종‖
신일중학교 교사, 고려대학교 졸업, 한국교원대학교 대학원 수료.

‖조 현 숙‖
제천공업고등학교 교사, 한국교원대학교 졸업, 동 대학원 수료.

 중학생이 보는
붉은 산

초판 1쇄 발행   2000년 12월 20일
초판16쇄 발행   2020년 3월 30일

지 은 이   김 동 인
엮 은 이   성낙수·유의종·조현숙
펴 낸 이   신 원 영
펴 낸 곳   (주)신원문화사

주   소   서울시 구로구 가마산로 27길 14(신원빌딩 10층)
전   화   3664-2131~4
팩   스   3664-2130

출판등록   1976년 9월 16일 제5-68호

＊ 잘못된 책은 바꾸어 드립니다.

ISBN 89-359-0960-2 43810